東京喰種 [空白]

TOKYO GHOUL

Novel

TOKYO GHOUL

ISHIDA SUI

T O K Y O G H O U L

原作 石田スイ ishida sui

小說 十和田シン Towada shin

登場人物介紹

金木 研

身上被移植「喰種」內臟的青年。儘管是人類，卻成了吃人的怪物。這樣的糾結和困難啟動了他的命運。

亞門 鋼太朗

為了保護人們不受「喰種」侵襲，導正世界的秩序，天天都在奮戰的喰種搜查官。打從幼年待在孤兒院的時候開始，就跟喰種結下不淺的緣分。

守峰恭平

8區警察署的警部補。正在調查『女高中生失蹤案』。

內海小春

一名與亞門邂逅的優雅女性。似乎被捲入什麼麻煩之中。

麻

「喰種」。外表看起來是個打扮誇張的不良少年，但其實是女性。希望將來能成為像詩那樣的面具師。

詩

在4區經營面具店的「喰種」。以前跟四方有過衝突，不過現在已經和解了。

山方紡

人類。能夠製造出讓麻驚歎不已的美麗面具。跟詩似乎有不錯的交情。

月山 習

「喰種」。十分講究食物的「美食家」。現在最執著的對象是金木。

掘千繪

打從高中時代就認識月山。每天都為了拍攝照片東奔西跑。

桃池育馬

從鄉下來到東京的「喰種」。目標是成為音樂人。

三葉

女大學生偶像歌手。個性缺乏自我主張，她會當上偶像，連粉絲都覺得不可思議。

霧嶋董香

「喰種」少女。被〔CCG〕視為危險分子，代號是『兔子』。正就讀高中，學校方面也有朋友。

笛口雛實

雙親慘遭喰種搜查官殺害的「喰種」少女。跟金木一起行動。

萬丈數壹

仰慕利世的11區前首領。很弱。跟金木一起行動。

五里美鄉

隸屬13區的喰種搜查官。對亞門很有好感……

黑磐 巖

篠原稱他為「阿磐」。特等搜查官。靠著強健的體魄戰鬥。

TOKYO GHOUL

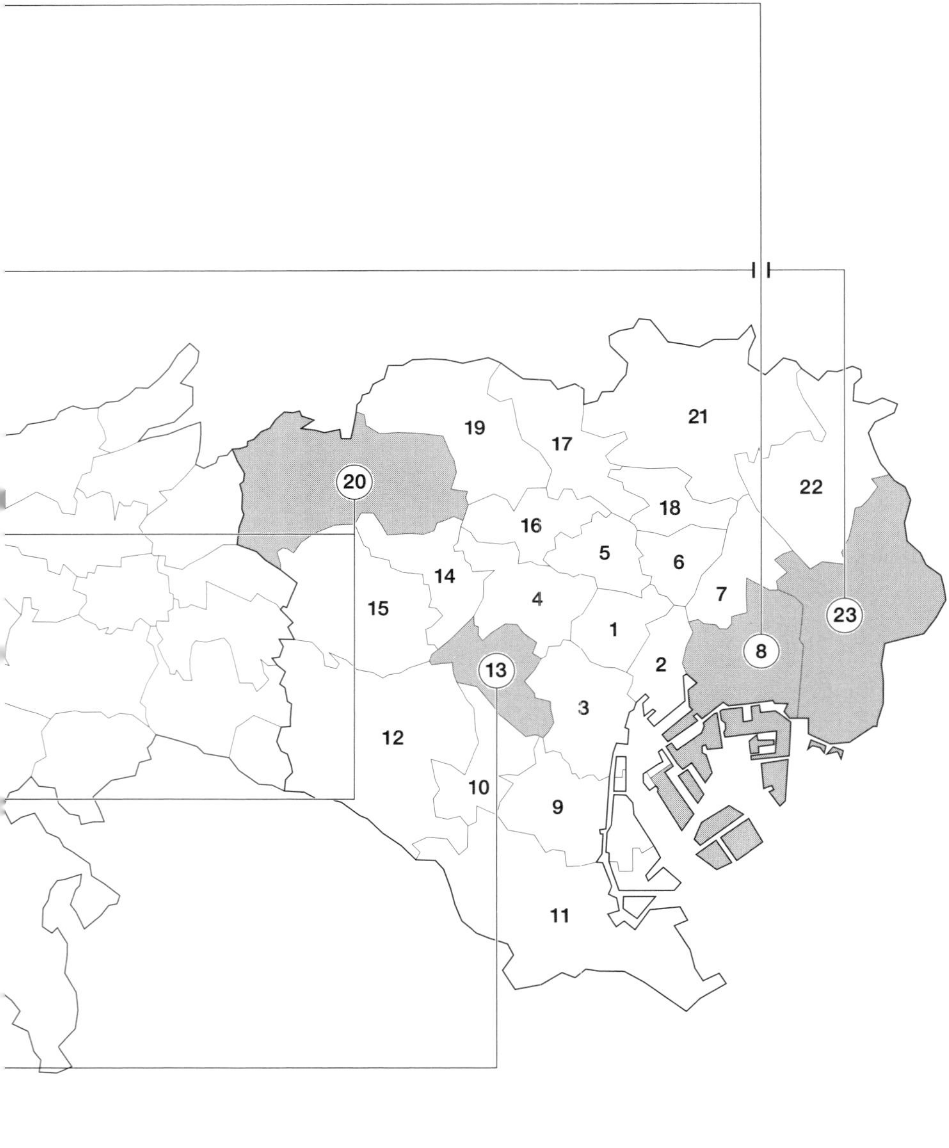

本作品純屬虛構，與實際的人物、團體、事件等無關。

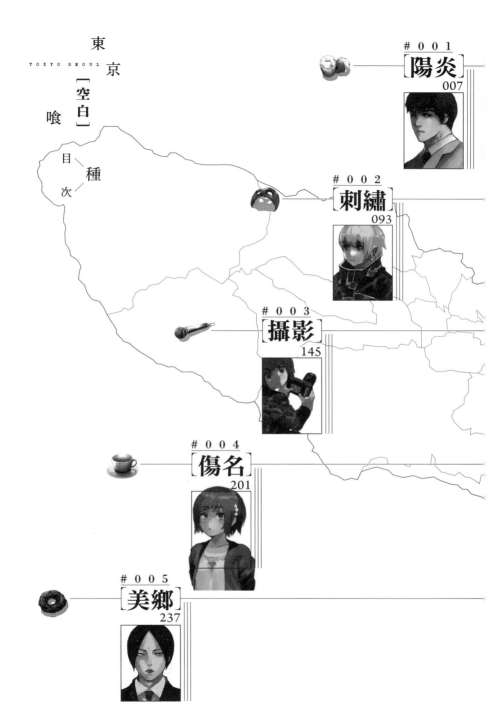

東京喰種［空白］

TOKYO GHOUL

目次

#001 【陽炎】

TOKYO 東京【空白】喰種 GHOUL

以堅定不移的信念築起的高牆，另一邊是否有個自己不知道的世界？

一

夕照透過薄薄的蕾絲窗簾射入病房，裡頭傳來一句反射性的回問。亞門鋼太朗背對著窗戶，坐在醫院準備的圓椅上，他吃驚地張大雙眼。

「……您的意思是，要我前往8區支援嗎？」

躺在病床上的人是亞門的上司——篠原幸紀。這位人稱不屈的篠原，現在打著石膏、裹著繃帶，身上處處是挫傷和內出血，傷勢嚴重到讓人不禁懷疑，要在他身上找到完好的地方還比較困難。

「沒錯。你應該也知道吧，『這次的事件』讓我們陷入嚴重人力不足的狀態，其中23區的情況更是悽慘。『庫克利亞』突然遭到襲擊，結果那些趕去現場處理，站在最前線的23區搜查官，一個個都被幹掉了。真是令人頭痛，組織化的『喰種』實在太過惡劣啦。」

「喰種」，蔓延在這個世界上的絕對之惡，儘管有著和人類一樣的形體，卻是以食人維生的可怕存在。那些傢伙會隨心所欲地殺害無辜的人們，啜飲他們的血肉。

為了因應驅逐「喰種」的需求而誕生的專家，就是Commission of Counter Ghoul，簡稱〔CCG〕。

亞門是以第一名的成績從〔CCG〕學院畢業的精英。他使用專門開發來對付「喰種」的武器——昆克，以喰種搜查官的身分日復一日地奮鬥著。

就在數星期前，他才因為功績獲得認同，參與掃蕩計畫，討伐以11區為根據地狩獵搜查官的「喰種」組織「青桐樹」。

那是一個全貌模糊不清的「喰種」組織。而且，加上十年前帶給〔CCG〕毀滅性傷害的神祕怪物「梟」再次出現，更是讓戰火熾烈到了極點。

眾人原本心想，儘管付出慘烈的犧牲，但至少還是鎮壓青桐了。可是才剛沉浸在勝利的餘韻沒多久，就接到位於23區的喰種收容所「庫克利亞」遭到襲擊的報告。

原來青桐樹打從一開始的目的，就是解放被關在「庫克利亞」的「喰種」們。

搜查官費盡苦心才逮到的「喰種」又被野放到街上，搜索仍然在持續當中。要是不盡快處理這個問題，恐怕又會產生新的悲劇。

「現在，雖然總局已經調派精銳到出狀況的23區……但是他們沒辦法一併顧及周邊的區域。因此上頭希望你能前往與23區相鄰的8區支援。」

「原來如此……但是篠原先生，我目前沒有搭檔，可以自己一個人過去嗎？」

真戶吳緒上等搜查官在亞門還是新人的時候，指導他許多搜查官的基本功夫，自從失去他之後，亞門就一直在沒有搭檔的狀態下行動。在尚未選出新搭檔的期間，雖然有篠原暫時頂替這個空缺，但是他也在青桐之戰中身負重傷，現在就連翻身都很困難。

「有什麼好擔心的，經過這次的事件，你的實力已經廣為人知了。況且現在真的人力不足，不是拘泥於形式的時候。這只是在決定由誰接任8區之前的權宜之計，所以大概只有一個月左右而已。」

「這樣啊……我明白了。雖然我也擔心20區的狀況，但我會努力為8區盡一份心力。」

「很好，那就拜託你了。這麼一來，8區的人也可以稍微卸下肩膀上的重擔了吧。他們那邊好像接到很多投訴，正忙得焦頭爛額。」

「……？」

「呃，我的意思是說每個分局都很辛苦。」

之後又聊了一下子，亞門擔心待太久會影響到篠原的傷勢，於是便告辭離開病房。

護士在醫院的走廊上來來去去，忙得不可開交。亞門聽著雜沓的腳步聲，一邊從走廊上的窗戶眺望著街道的景色。把視線往下一落，就能看見一條沿著醫院的林蔭大道。亞門專注地看著在林蔭大道上行走的人們。

（眼罩……）

四周的聲音逐漸飄遠，一件在「青桐」掃蕩戰中發生的事，從亞門的腦海裡閃過。某個戰鬥的短暫空檔，他從壞掉的窗框往下看，當初放自己一條生路的眼罩就站在那裡。

一回想起眼罩的事，另一個光景同時在他腦海中復甦。

憎恨如此鮮明，回憶有如陽炎（註1）一般裊裊升起。

——……鋼太朗。

亞門的「喰種」養父再次喚著他的名字——

二

翌日早晨，亞門提著手提箱，在8區分局旁的車站下車。8區位於沿海地帶，隨著風向改變，有時也能聞到海潮的香味。

註1　指炎炎夏日，地面上熱氣蒸騰導致光線扭曲折射的現象。

亞門混在趕著上班上學的人潮中離開車站，正當他看著地圖尋找8區分局的所在位置時，突然有個人向他搭話：「請問你要去哪裡？」他轉頭一看，對方是一位氣質優雅的女性。從外表來推測，大概跟他差不多年紀吧。

她身邊有一位年長的女人，可能是母親吧。女人的眼神慌亂，視線游移不定，好像在害怕什麼似的。

「啊、是的，我在找〔CCG〕的8區分局……」

「前方第三個路口轉彎，沿著大馬路直走應該就很好找了。你看，就是那邊，街角有間書店，從那裡轉彎就行了。」

「原來如此，就是那裡對吧。非常謝謝妳。」

亞門照著對方告知的路線前進，很快就看到8區的分局。他重新拉了拉領帶，走進自動門。對櫃檯的人報上自己的名字，以及前來支援搜查的任務之後，對方就帶他到會議室，大約等了五分鐘左右，出現了西裝筆挺的男性二人組。

「亞門，真不好意思，還勞煩你特地跑到8區來。」

「柳上等，您現在是8區的負責人嗎？」

率先伸出右手跟亞門交握的人是〔CCG〕的中堅搜查官——柳。他雖然沒有什麼顯赫的功績，但是適應力極佳，工作態度也十分穩重，常常被派遣到人手不足的地區填補空缺。亞門過去也和他打過不少次照面。

「我們在『庫克利亞』襲擊事件過後就成了8區的負責人啦。反正我之前也來這裡工作過好幾次，所以不成問題。」

看來他這次也是被派來這裡填補空缺的。但是，為什麼出來接待亞門的人不是8區原本的搜查官，而是中途被派遣過來的柳呢？難道8區的搜查官們都已經陷入無法值勤的狀態了嗎？亞門心裡湧起一股不安。

「亞門一等！我聽說您在青桐之戰中的活躍事蹟了！學院首席果然就是不同凡響啊！」

接著向他搭話的是柳的部下——東條。他的年紀雖然比亞門大，不過職位是二等搜查官。因為顧慮到這一點，所以他用敬語和亞門說話。但是對敬老尊賢的亞門來說，還是希望對方別在意官階的問題，用對待平輩的口吻跟他說話就好。不過即便他這樣告訴個性開朗外向的東條，東條也只會用「因為我喜歡用敬語說話！」跟他打馬虎眼。

「不……我在青桐之戰中，看見其他特等、准特等、上等這些上位搜查官戰鬥的模樣之後，深感自己的能力不足。我跟他們比起來實在差太遠了。」

「是這樣嗎？我覺得光是能參戰就已經很厲害了。這不就表示您是〈CCG〉的最前線嗎？啊！有人使用少見的昆克嗎？還有，明明只是三等卻能參戰的『鈴屋什造』，他是個什麼樣的……」

難以克制好奇心的東條對亞門連珠砲似地提問。「到此為止吧！」柳出聲阻止。他瞪著飛快退下的東條，將手上的檔案往桌面上一擱。

檔案的第一頁是各區地圖的整理。

「負責接待你的人居然是臨時被派遣過來的我們，我想你應該已經從這個情形推測出來了，8區現在還能行動的搜查官就只剩我們兩個而已。」

看來不好的預感果然成真了。柳的臉上浮現嚴峻的神情。

「有一部分從23區越獄的『喰種』，一邊吃人一邊通過8區，打算從這裡逃走，因此引發幾場惡戰，造成大量人員傷亡。」

柳的手指按著地圖上的8區。

「對象是A級的逃犯，其實並不是特別強。但運氣不好的是，當時8區沒有半個來自總局的喰種搜查官。我這麼說也許變成在批評高層，但這是因為有能力的搜查官幾乎都被徵召去鎮壓青桐樹了……」

之前，亞門自己在看到這次11區特別對策班的選拔名冊時，也曾擔心過23區附近的戰力太過薄弱。由於亞門他們負責的20區是指定危險區，因此有法寺和瀧澤留守待機，但是8區並不是指定危險區，這裡的搜查官原本就不多，現在又發生這種事。

「後來那些『喰種』呢？」

「被我們打倒之後送回『庫克利亞』啦。」

「二位嗎？」

柳和東條一起點頭。

「如同我方才所說，這是因為我曾經在8區工作過。當我接到『庫克利亞』遭受襲擊的消息，就開始擔心越獄的『喰種』會不會也跑到23區隔壁的8區，所以我就立刻趕了過來。」

「雖然總局已經下指令要大家全都前往23區就是了——」

「我心想那些實力堅強的傢伙應該都會去23區，我去不去都沒差。不過這是我自己擅自下的判斷。就在途中，以前曾經共事過的8區局員跟我聯絡，說『有「喰種」在

8區暴動』。但是當我好不容易趕到現場……那傢伙已經被吃掉了……」

也許是因為回想起當時的慘劇，柳咬緊了嘴唇。

「我就這麼順勢成了8區的負責人啦。鄰接23區的區域有三處，分別是22區、7區和我們8區。在發生『庫克利亞』襲擊事件之後，高層派遣上位搜查官到可能會有大量越獄者流入的22區。7區原本就謠傳有一家被稱為『喰種』社交場所的喰種餐廳，受到這件事的影響，那裡也配置了很多搜查官，可是！可是！」

此時東條握緊了拳頭。

「當初明明說過會派上位搜查官來8區，結果高層竟然說什麼，自從我們將越獄的『喰種』送回去之後，8區就沒有與越獄者相關的事件，因此就把這件事擺著不管了！由於這個緣故，這裡明明是23區鄰接區域，卻只剩下實力沒有很堅強的柳哥和我而已，情況慘到不行……好痛！」

柳狠狠地往激動到渾然忘我的東條頭上揍下去。

「咳咳！言歸正傳，亞門。這次發生的是連SS級的怪物都脫逃出來的大事件。以23區為中心，頻頻出現疑似脫逃者所犯下的案子。考量到這一點，8區的優先順序比其他地方來得低也是無可奈何的事。自己的事只能靠自己來解決了。」

如何以少數人力來保護區民的安全，似乎就是柳他們所面臨的課題。亞門多少理解8區的現狀了。

「既然如此，我該做些什麼才好？」

「你今天先跟我們一起巡視8區吧。之後希望你負責戒備來自23區的威脅，以及盡力維持治安。雖然『喰種』嫌疑人的搜查行動必須延後，但畢竟遭受襲擊的『庫克利亞』也尚未完全整修完畢。不知道還會發生什麼事。」

「我明白了，還請兩位多多指教。」

「嗯，那就走吧。」

三人做好準備之後便一起離開會議室，搭上電梯。此時，柳的表情稍微放鬆了一點。

「……哎呀，你能夠過來實在是謝天謝地。就像我剛才說的，許多原本在8區值勤的搜查官都被幹掉了。現在8區分局的業務停滯不前，各單位都抱怨連連。」

「各單位？來自總局嗎？」

「不不，跟總局無關。」

電梯到達一樓，柳一面搖著頭向大廳走去。

「因為我們搜查官跟許多業種的人都有合作關係，要處理相關的業務，總之現在讓我們頭大的是……」

柳說話的樣子看起來打從心底感到疲憊，亞門不禁開口詢問究竟是怎麼一回事。但是柳都還沒把情況說明完畢，一個聲音就硬生生地插進來。

「我不是已經講過很多次了嗎！為什麼我們這邊非得配合你們的狀況不可啊！」

男人的聲音響徹大廳。柳和東條就像機器人一樣突然停住不動。亞門順著聲音的方向望去，想看看到底發生了什麼事。

「關於這個問題，就如同我前幾天的說明……」

「都是因為你們不快點拿出搜查結果，害我們這邊完全沒有進展！你們打算怎麼負責啊！」

亞門看見一個粗魯的男人正在對櫃檯小姐大小聲。

「那傢伙是怎麼回事……」

男人的襯衫下襬胡亂露在外面，上頭套著一件老舊的西裝外套，年約三十有五。他用力拍著櫃檯，一股腦地對著櫃檯小姐破口大罵。

必須制止才行。

責任感很強的亞門立刻大步走向櫃檯。

「啊！喂！等等，亞門！」

亞門不理會柳的制止，直接介入櫃檯小姐和那個男人之間。

「啊？你想幹麼？」
男人把手插進長褲的口袋，眼睛直勾勾地瞪著亞門。
「你沒看見她很困擾嗎？」
「困擾的人是我！閃一邊去！我今天一定要把事情解決！」
一般人被身材高大、體型壯碩的亞門警告都會感到膽怯，即便是男性也不例外，但是這個人卻完全無動於衷。
「如果不能用理性的態度溝通，我就要叫警衛了。」
「……你說什麼？」
「我說我要叫警衛了。這樣你也無所謂嗎？」
男人對亞門的最後通牒嗤之以鼻。看來對方根本不把他的話當一回事。亞門心想，既然如此就稍微放輕力道將他摔出去，給他一點顏色瞧瞧好了。
「亞門！你先暫且退下！他是……」
急忙趕過來的柳還來不及把話說完，男人已經從老舊的西裝內袋中拿出某樣東西，在亞門眼前揭開。
「我就是警察。」
擺在眼前的是一本警察手冊。上頭貼著一張這個男人穿著警察制服的照片、寫著

「警部補」的官階和「守峰恭平」這個名字。

「警、察……？」

「要是說到把人拖走，我們還厲害多了。」

男人把手冊放回原來的地方之後，用打量的眼光盯著亞門。

「我看你跟柳先生和東條好像是同伴的樣子，你也是喰種搜查官吧……哼……」

原本打算制止亞門的柳，以及不知如何是好只能旁觀的東條，兩人的臉上都浮現一副計畫失敗的表情。

「……我的態度也許有點惡劣，這點我道歉。不好意思。可是那位小姐也確實有錯。」

男人用高傲的態度道歉之後，對著柳咧嘴一笑。

「柳先生啊，我記得你說過吧？『至少再派一個人來支援，我們就能重啟調查了』這樣。」

「守峰，他今天才剛來報到……」

「約定就是約定！我每天都來這裡簽到終於有價值了。喂，那邊的，你可得好好協助我。」

「協助……？」

警部補
Assistant Police Inspector
守峰 恭平
morimine kyohei

頭。

一頭霧水的亞門望向柳，希望他能說明一下。柳垂下眉毛，有一下沒一下地搔著頭。

「那個，亞門啊，這位是8區警署刑事課的警部補，守峰恭平。別看他這樣，他可是一位非常優秀的刑警。」

「我是守峰恭平，請多指教。」

正式介紹之後，守峰一反剛才的態度，立刻舉起手來敬禮。光看他這個動作，確實很有警察的味道。

「守峰，這位是從20區緊急調來支援的亞門鋼太朗。他還這麼年輕就已經是一等搜查官了。」

「嗯？難不成他比東條年輕？而且還是一等搜查官？」

「請你不要說了！這是個很敏感的問題啦！」

「東條，我記得你不是二等嗎？」

「我不是拜託你不要說了嗎！」

「可是他的年紀比你小吧？二等比一等還了不起嗎？」

「一等當然比較偉大啊——!!……好痛！」

柳狠狠地敲了東條一記爆栗，讓他閉嘴。

亞門儘管困惑，姑且還是先報上自己的姓名：「我是亞門鋼太朗。」

「……但是，刑警為什麼會來這裡？」

雖然亞門還無法相信這個男人是刑警，但是如果不把事情問清楚，情況就不會有進展。守峰回答：

「我是為了三個月前發生的『女高中生失蹤案』來的。」

他如此說。

「女高中生失蹤案……？這件事跟『喰種』有關嗎？」

亞門問的明明是身旁的柳，守峰卻立刻搶著否定：「不對啦！」

「這肯定是人類幹的好事！但是高層那些傢伙只因為驗出一點點的『喰種』反應就鬧成一團，把整件案子都丟給〔CCG〕處理。這麼一來，因為『喰種』有危險性，就附帶了一堆有的沒的限制，害得我無法自由進行搜查！」

守峰一口氣扔出他的不滿。「守峰，你先冷靜一點。」柳一面安撫他，一面簡單說明事情的經過。

「三個月前有位女高中生失蹤，警察雖然展開搜查，但是就在上個月，他們發現那位失蹤女高中生『平野舞』小姐的髮夾。警察檢查了那個髮夾之後，發現上頭沾著疑似『喰種』的體液。因此警方就主動向我們申請協助調查……」

「但是『負責的搜查官全都進了醫院，所以不知何時能重新展開調查』！」

講到這裡，亞門終於理解狀況了。由於青桐之戰後人力不足，這起案件也就一直處於放置狀態。

「我知道你們是在拚上性命為人民戰鬥，但是我們這邊也是人命關天的案子！不能老是被丟在一邊不管啊！」

守峰雙手抱胸，眼神銳利地瞪著亞門他們。

「柳先生，沒有辦法從『喰種』的體液鎖定犯人嗎？」

「很遺憾，對〔CCG〕而言，那傢伙是『初犯』。」

如果「喰種」過去曾經吃人，〔CCG〕在調查吃剩的遺體之後，就會將遺體上頭殘留的體液和赫子造成的傷痕建檔，也會替犯案的「喰種」編號。如果發生什麼新的案件，〔CCG〕就會立刻對照資料庫，以利於搜查，但這次似乎是第一次出現的「喰種」。這也就意味著必須從零開始調查。

「既然如此，那麼『喰種』嫌疑人和這起事件有關的可能性是？」

〔CCG〕會有一些標記為「喰種」嫌疑人的對象。如果知道其中有誰跟這件事有關，也就連帶能夠證明對方是「喰種」並且加以驅逐了。

「就在調查這件事的時候，搜查官們就被送進醫院了。」

「原來如此……所以這件事情才會擱置下來吧。不過話雖如此，我們也不能把情報透露出去……」

雖然守護市民是喰種搜查官和警察的共通點，但兩者的性質不一樣。

尤其是負責處理「喰種」這個特殊領域的〔CCG〕，由於性質不同於一般，因此他們有守密的義務，能夠提供給外部的情報也有限。不能隨隨便便交出「喰種」嫌疑人的資料，丟給其他單位調查。這個規定讓守峰煩躁不已。

「只要犯人可能跟『喰種』有關，我這邊（警察）就不能輕易採取行動。但是你們卻撒手不管。說不定那位失蹤的女高中生，現在還在某個地方等待救援喔！如果你們不打算處理，就把案子交還給我們！」

「守峰，要是我們無法用盡各種手段，證明這件事與『喰種』相關的可能性是零，就不能把案子交還給警察。」

「對啦！我已經聽你們講過好幾次！耳朵都要長繭了！可是柳先生，你確實說過只要高層另派其他喰種搜查官過來，你們就可以重新展開調查，我說的沒錯吧？」

守峰突然湊上前去，開口向柳確認。柳露出無計可施的表情，兩手按住守峰的肩膀，跟他拉開距離。

「守峰，再怎麼說我也是有老婆孩子的人。就算撇開『喰種』的事不談，這起失蹤案一樣讓我很痛心啊。我當然也打算進行搜查，只是亞門今天才剛到，為了守護8區的安全，希望你能給我們一點時間。」

「我已經等得夠久了！恨不得現在立刻重啟調查。在你答應之前，休想我會離開這裡一步！」

守峰銳利的眼神先是貫穿了柳，然後是亞門。

「……我明白了。」

這次換亞門看向柳和守峰。

「什麼我明白了……亞門？」

「柳上等，這件事就交給我來調查吧。」

亞門咚地一聲拍著自己的胸膛，場面一瞬間安靜下來，不過立刻就揚起一道聲音。

「太好了！大丈夫一言既出，駟馬難追!!」

「等、等一下！亞門！」

「不對不對不對，亞門一等！亞門一等！」

守峰大喜過望，但是柳和東條卻臉色大變。他們抓著亞門的手臂，跟守峰拉開一段距離。

「亞門一等。這種無聊的工作，還是由一點也不起眼的我們來做比較……好痛！」

雖然柳又動手揍了東條，但是他的想法似乎和東條一樣。

「亞門，不管什麼事都得講求適才適所。等我把8區的事情大略跟你交代過之後，我們就會去調查這件事了。我希望你負責戒備來自23區的威脅和維持8區的治安……」

「不。」亞門加以否決。

「我對8區還不是很了解。如果考量到必須警戒來自23區的威脅，我認為能夠用更加寬廣的視野來看待8區的兩位比較適合這個工作。」

「亞門……」

「要搜查『喰種』嫌疑人就必須走遍整個8區，這麼一來我也能藉此掌握8區的情況。況且，這個案子只要與『喰種』有一絲一毫的關聯，就不能放著不管。」

姑且先不提別的，亞門的驕傲就不容許警察那邊單方面責怪他們這些日復一日、為了守護人們的和平而奮鬥的搜查官，即便是事出有因。

「也是。」一臉鬱悶的柳聽到亞門這麼說也頷首同意。

「……守峰！能不能請你至少給我一點時間，讓我把那件失蹤案的資料移交給亞門？」

守峰聽見柳這麼說，用大拇指和食指打了個圈，比出ＯＫ的手勢。

三

迅速移交完資料之後，亞門跟臉上透露著擔心的柳和東條告別，往車站走去。因為其中一個被列為「喰種」嫌疑人的傢伙就住在車站附近的公寓裡。

刑警守峰走在他旁邊。

「……我會把調查報告書送到警署。」

「你對8區應該還不熟吧？我覺得還是有個負責帶路的人比較好。順道一提，那邊才是往車站的近路。」

守峰指著一條位於大樓夾縫之間的狹窄巷道。他怎麼知道自己要去車站？亞門以為他偷看了自己手上的資料，所以感覺不是很好。

守峰察覺到他的想法，立刻回應：「呃，我可沒看喔！」

「你對8區根本不熟，但是離開〔CCG〕之後卻毫不猶豫地踏出步伐，所以我猜你打算去一個你知道的地方，那就應該是車站。你是搭電車過來的吧？」

守峰說得沒錯，亞門擔心開車會遇到塞車，所以就選擇搭電車到這裡來。他有些意外，這個男人乍看之下很粗魯，沒想到竟然會注意到這些細節。但是他立刻甩去這個想法。這點小事只要稍微動動腦子就會明白了吧。

「……守峰先生，你為什麼會成為刑警？」

雖然亞門還不是很信任他，但他應該是出於熱情才從事這份工作的吧。亞門期待能得到一個積極的答案而發問，對方的回答卻是「順勢而為啦」這種消極到不行的言論。

「……順勢而為？」

「是啊。我只是沒有別條路可走，所以才選擇當刑警。」

「你不覺得自己的工作值得驕傲嗎？」

「驕傲？」

守峰嘲弄似地用鼻子嗤笑著。

「沒辦法。哎呀，那不重要，你想去車站對吧？我來帶路，你先把資料看一看。有什麼不明白的地方就問我。」

守峰為了要求重啟調查，明明懷抱著那麼大的熱情直接殺到〔CCG〕，但看來他對警察這個職業卻抱持著相當否定的態度。

儘管無法釋懷，但守峰已經結束對話大步向前走去，亞門見狀便將視線落在從柳那邊拿到的資料。

『女高中生失蹤案』。

距今三個月前，結束社團活動，正在返家途中的平野舞突然消失了。當事人不曾出去夜遊，交友關係也十分健全。

目擊證言很少，雖然有人看見過很像是她的女高中生，但是並沒有發現什麼可疑的舉動。

決定性的證據少得可憐，就在案情膠著的情況下，終於發現她的髮夾。

但是，找到髮夾的地方竟然是……

「……8區的警署旁邊？」

「是啊。東西就放在警署前面的馬路旁，一個非常顯眼的位置。」

然後，髮夾上頭沾著「喰種」的體液。

「是有人發現，特地拿去放在警署前面的嗎……？」

「要真是這樣，應該會直接交給警察吧。不過，如果有什麼不能直接交給警察的苦衷就另當別論了。」

「不能直接交給警察的苦衷……」

「例如對方跟這起案子有關……之類的。」

此時，守峰回過頭來看著亞門。

「亞門先生，我剛才也說過了，我認為這個案子應該是人類幹的好事。」
說起來，他和柳爭論的時候也是這麼主張。
「但是上頭沾著『喰種』的體液。」
所以案子才會轉到喰種搜查官手上。
「是啊，不過那個髮夾是被放在警署旁邊喔？既然委託警察，那就表示對方希望我們逮捕的傢伙是人類吧？」
「你不覺得這個推論太過簡單了嗎？對民眾來說，警察比〔CCG〕更容易親近吧？既然如此，對方第一個就想到交給警察也不奇怪。」
「應該不是這樣吧。」
守峰意味深長地說著，撇開了視線。
「……這件事更加盤根錯節啦。」
「……？」
說到這裡，守峰突然話鋒一轉：「馬上就到車站囉！」然後便閉口不談。
到頭來，那天還是沒有得到什麼成果，他們在鎮上走著走著，太陽就下山了。
亞門告訴守峰，今天的搜查就先告一段落，他打算返回〔CCG〕，守峰聽了便敬禮回覆：「辛苦了！」接著轉身離開。但他走到一半又回過頭來，補上一句：「我明天也會過去。」

「亞門，辛苦了。今天的情況如何？」

「你跟守峰先生相處得還愉快嗎？」

亞門回到8區分局後，柳和東條立刻迎上前去，大概是擔心他，所以特地留下來等他回來吧。

「今天沒有獲得任何成果。」

「事情不會那麼簡單就有結果。你現在只要專心想著熟悉8區就好了。對了，亞門，要不要去喝一杯？」

柳做出拿著酒杯一飲而盡的手勢。邀他去喝酒，應該也兼具情報交換和歡迎的意味在吧。亞門以前總是將全副熱情都投注在「喰種」搜查上，曾經對這一類的聚會感到厭煩，但這次他卻回答「請務必讓我參加」。或許是因為有兩個人在他心中的分量非同小可的關係。一位是以捨身的覺悟支援他的20區局員搜查官——中島，另外一位就是不僅在搜查官這方面給予指導，在為人處事上也處處提點他的篠原。

柳帶他們去的是一間氣氛閒適的小餐館。

「柳哥的老婆很會做菜，所以他沒辦法在便宜的路邊攤吃飯。」

「你很囉唆喔，東條。」

東條嘻皮笑臉地爬上最裡面的包廂，柳用手臂撞了撞他。

「柳先生，您家裡也有孩子了對吧。」

「我有個兒子，現在還是小學生。他最近突然說什麼想成為廚師，找出所有的人都能品嘗的美味料理。也許是遺傳到我老婆吧。」

「廚師嗎？有個確定的目標真是不錯。」

亞門拿起溼毛巾擦拭雙手，一面表示敬佩。柳的兒子，跟那個自稱是順勢而為才從事刑警的守峰截然不同。

「畢竟他還只是個孩子，未來怎麼樣很難說……況且我也不知道自己能不能活到他長大的那一天。」

柳淡淡地說著。喰種搜查官經常與死亡比鄰，不知道什麼時候會輪到自己喪命。有家庭的搜查官應該常常會想到這個問題吧。一瞬間，氣氛凝重了起來，不過察覺到這點的東條立刻敏感地做出反應。

「柳哥動不動就扯到憂鬱的話題！不用擔心啦！你一定能盡情享用長大後的兒子替你燒的菜！」

但是柳聽了反而繃起了臉。
「是你太過樂觀了。真是的，難得你拿到的是能夠進行長距離攻擊的羽赫，結果卻老是打偏。好好練習射擊啦！射擊！」
「我有啊！可是『野山』就是不聽我的話嘛！」
東條緊緊抱著放在身旁的手提箱。他的昆克似乎叫做野山。「你就是這個樣子，所以才遲遲無法升官。」柳露出受不了他的表情。
「東條先生的昆克是羽赫嗎？」
「是的。柳哥用尾赫打前鋒，我負責掩護他。」
「因此我也有差點被他射殺的經驗。要是真的中彈了，我看不見兒子的成長就不是因為『喰種』的關係，而是你的錯嘛……」
東條無視柳的抱怨，直盯著亞門的手提箱。
「亞門一等的昆克是甲赫對吧？」
「是的，這把是『倉』。」
聽到這個名字，柳低語：「『倉』？啊，是真戶上等的……」他感慨萬千地望著手提箱。柳說得沒錯，這把昆克是亞門從逝世的真戶那裡繼承的東西。多虧這把昆克，他才能在青桐之戰中打倒其中兩位幹部——瓶兄弟。

「您跟真戶先生有過什麼交流嗎？」

「雖然算不上頻繁，不過我從他那裡聽過不少關於昆克的事。很多人都在背後對真戶上等指指點點，但我使用昆克的技術，實在差到沒有資格對別人說三道四，所以我只是單純羨慕擅於使用昆克，在這方面造詣頗高的真戶上等而已。」

亞門的腦海裡浮現真戶小心翼翼抱著手提箱的樣子。「說到這個，」看著出神的亞門，柳似乎想到什麼似地揚起聲音。

「我記得真戶上等有一位千金──」

「讓各位久等了。」

話還沒說完，服務生就替大家端來料理。

「噢，往事就聊到這裡吧。大家快點開動，這家店的料理很美味。」

亞門雖然想多聽一些關於真戶的事，不過他還是低頭默默將食物送入口中。

「不過啊──如果『喰種』是犯人的話，會把女高中生帶到什麼地方去呢……雖說找到沾著『喰種』體液的髮夾，但是並沒有發現她被捕食之後的殘骸……會不會其實是離家出走？」

「東條，要是被守峰聽到，他會狠狠罵你一頓喔！」

「可是，如果真如我所說，被害者就有可能還活著不是嗎？亞門一等怎麼看？」

話題拋到自己身上了，亞門暫時放下筷子。
「老實說，從目前這個階段看來，我還不能做出什麼推論，只是……」
亞門挺直背脊，開口斷言。
「如果犯人是『喰種』，我一定會找出來加以驅逐，絕對不會放過！」
「說、說得也是！」東條被亞門的氣勢壓倒，頻頻點頭。
「總之，亞門現在就先把精神集中在這個案子上吧。」
「我明白了。」
酒宴進行了三個小時左右，東條懇求大家續攤，不過柳一口否決他的提議，宣布解散。
亞門想先確認一下夜晚街上的狀況，所以跟柳他們道別之後，就一個人獨自在8區漫步。
「沒有目擊證言，也找不到女高中生被捕食過後的遺體。照這個情況看來，犯人可能以敏捷的身手將她擄回住處……是羽赫的可能性很高……？」
「喰種」擁有十分優秀的體能。其中羽赫的瞬間爆發力更是技壓群雄。
亞門拿起柳給他的資料，確認是否有在8區反覆進行捕食活動的羽赫「喰種」。

「……沒有嗎……」

那麼或許是從別區跑到這裡來的「喰種」。亞門心想，不然也麻煩其他分局提供情報，看看有沒有專門襲擊女高中生的羽赫「喰種」好了，於是他確認了一下手錶上的時間。

「今天還是先回去吧。」

亞門再次拎起放著昆克的手提箱，往車站的方向走去。

「……啊，我記得這邊才是捷徑。」

他走到一半便轉身進入守峰告訴他的巷道。這條狹窄的小路上，就連能夠照亮腳下的街燈都沒有幾盞。恐怕只有當地人才知道這條路吧。

「……？」

巷道中只聽得見亞門自己的腳步聲，他走了一會兒，突然聽到從某處傳來說話的聲音，而且音量隨著他前進的腳步愈來愈大聲。

亞門仔細一看，道路前方有一對年輕男女正在爭執不休。

「妳在胡說什麼！只差一點點，一切就能全部到手了！」

「對不起，拜託，我希望這是最後一次了……」

看來似乎是男人在責怪女人。女人的聲音哽咽，從包包裡拿出一個白色的信封，交給男人。男人一把搶走信封之後，立刻確認裡頭的內容。亞門定睛細看，似乎是一疊鈔票，這是在恐嚇嗎？

「……喂，你在做什麼！」

亞門厲聲大喝，一個箭步就朝那兩個人逼近。男女雙方都注意到他，瞪大了雙眼。亞門正打算直接壓制那個男人，女人卻大叫「您誤會了！」使勁張開雙臂將男人護在背後。

「……嘖！蠢女人，隨妳便吧！」

男人握著信封，逃命似地飛奔而去。

「啊！喂！站住！」

亞門雖然想追上去，但是女人卻緊緊抓住他的手臂，不停喊著：「您誤會了！您誤會了！」

「妳不是被勒索了嗎……嗯？」

「啊……」

兩人同時發出驚呼聲。

燈光昏暗的巷道中，亞門好不容易才看清對方的面孔，正是那位早上為他指路的優雅女性。這樣的女人竟然會在三更半夜拿錢給男人，究竟是怎麼一回事？

「讓您看見難堪的一面了，真的很抱歉……」

她重新低下頭向亞門致歉。

「可是，我真的沒事。」

她虛弱地笑了笑，又再次低頭鞠躬，然後就轉身背向亞門離開。但是，她的步履蹣跚，看起來搖搖欲墜。

不出所料，她走不到三步就一個踉蹌，當場跌坐在地。

「……妳還好吧？」

「不好意思、不好意思……」

亞門伸出手將她扶起來，她深感抱歉地再次低下頭。

「妳現在的狀況還能走嗎？妳打算怎麼回去？」

「只要走到車站就行了，家裡的人就在那裡等我，所以真的不要緊。」

她外表看起來氣質不錯，很善良的樣子，但可疑的地方實在太多了。那筆錢的動向也讓人覺得不對勁。

「……我也要去車站，不如一道走吧？」

亞門的直覺告訴他，女人在車站那裡可能有個不能曝光的同夥，於是他提出這個建議。

「可是……」

「因為今天早上，妳也替我指過路。」

雖然只是個邀她同行的理由，但她聽了亞門的話似乎很開心，露出淡淡的微笑。

「那就……勞煩您一會兒了。」

「哪裡。」

一路上，兩人默默無語，巷道中只聽得見腳步聲。女人走得很慢，原本只要三、四分鐘的路程，足足走了十分鐘才到。

「小春大小姐！」

當光線從大馬路上射進來的時候，有個人發現他們的蹤影，大喊出聲。小春。看來就是這位女性的名字。亞門一看，早上那位陪在她身邊的年長女性正往他們這裡跑來。既然她喊小春「大小姐」，就表示她們不是母女。

「音風姨，抱歉讓妳久等了……」

「不，沒關係，不過這位是……」

被稱為音風的年長女性，毫不客氣地上下打量著站在小春身旁的亞門。

「我剛才站起來的時候突然一陣暈眩，這位先生擔心我，所以就陪我走到這裡。不知道妳是否還記得，他就是我們早上遇見的那個人。」

即使小春解釋得很詳細，音風探究的眼神依然停留在亞門身上。她的神色感覺像在警戒著亞門。方才那番有恐嚇意味的對話、放在信封裡的鈔票束以及音風對亞門的態度。從這種種的跡象看來，小春肯定是遇上了什麼問題。

「雖然我不知道究竟發生了什麼事，不過要是跟犯罪有關，還是通報警察比較好。」

亞門提醒小春。

「這種狀況，並不是靠自己一味忍耐就沒事了。因為有時候不光是妳本身受害，還會殃及周遭無辜的人。」

與其告訴她姑息養奸可能會害自己惹上什麼麻煩，不如說明這麼做對周遭會有什麼影響，這樣應該更容易讓她理解。聽了亞門的話，小春如夢初醒似地看著他。

「殃及他人……嗯，您說得對，確實是如此……」

她輕輕地頷首，再三咀嚼亞門說的話。

「……您真溫柔。」

小春的臉上浮現柔和的笑意，雪白的雙頰染上一片紅暈。不過，亞門立刻否定：

「沒有那回事。」

「請問，方便請教您的大名嗎？」

「名字嗎？我叫做亞門鋼太朗。」

「鋼太朗先生……好棒的名字。我要是能送上什麼謝禮就好了……」
「請妳不必介意，這是早上的回禮。」
「……您真的很溫柔。非常謝謝您。」
小春深深一鞠躬，和音風一起搭上停在車站附近的計程車，消失在馬路的另一頭。
「……才剛來到這裡就老是碰上讓人疲憊的事。」
剛才的小春和刑警守峰都讓亞門感到疲倦。他嘆了一口氣，終於踏上歸途。

四

來到8區勤務支援已經過了一個禮拜。亞門從早到晚都在忙著女高中生失蹤案的搜查。他調查女高中生消失的時間點，「喰種」嫌疑人在哪裡。刑警守峰就站在他身旁。這一整個禮拜，他每天都在亞門身邊跟前跟後。
「女孩子失蹤那天，有兩個人沒有不在場證明。看來有必要更進一步調查這兩個人……」
「我認為這些人全都是清白的就是了。你快點蓋上此案與『喰種』無關的印章，把案子交還給我們啦。」

守峰只要一有機會就否定亞門的調查。

「能不能請你不要動不動就干預我的搜查？而且，為什麼你能如此斷定？髮夾上沾著『喰種』的體液喔？這件事一定跟『喰種』有某種形式的關聯。」

「這個案子也許跟『喰種』有關，但是兇手絕對不在『喰種』嫌疑人當中。」

「你的根據到底是什麼？」

「根據就是髮夾沒有送到〔CCG〕那裡，而是放在警署旁邊啦。」

亞門扶著額搖了搖頭。每次守峰插手搜查的事，亞門詢問他有什麼根據時，他都會搬出這一套理論。而且，除此之外沒有更多說明。

「如果你要妨礙搜查，那就請你回去。你應該也有其他工作要忙吧？」

「不好意思，在調查結束之前我都要跟你同行。」

難不成守峰以為只要像這樣持續在亞門身邊施加壓力，他就會覺得麻煩，草草放棄這個案子嗎？

「在我還沒掌握到確實的證據，證明兇手不是『喰種』之前，我都不會將案子轉回警察那裡。」

亞門把話說得很明白，守峰直接對他抱怨：「真頑固。」

「頑固有什麼不對？我不想在搜查的事上妥協。」

「你真的很死腦筋，實在太嫩了……」

「你是在瞧不起我嗎？」

「我沒那個意思啦——不過你的眼睛要是只顧著看前方，就會看不見四周喔？」

亞門邁開步伐，打算繼續調查，後頭的守峰儘管露出厭煩的表情，還是隨即跟上。

雖然守峰說亞門頑固，但是從亞門的角度來看，他也是個相當頑固的人。

（我要用自己的方式進行搜查）

繼續介意下去也是沒完沒了。他可不想讓守峰亂了自己的步調。現在最重要的是過濾出那兩個沒有不在場證明的人。亞門一邊想，一邊掃視著街道。

「……嗯？」

此時，有位眼熟的女性進入他的視線。

「怎麼，你朋友？」

眼尖的守峰察覺了，向亞門詢問。

「啊，不是……」

這個世界真小。在馬路對面低著頭走路的人，就是身旁帶著音風的小春。

「嗯——……？怪了，我也認識那位小姐喔。」

竟然連守峰都認得她。「她是你朋友嗎？」亞門問道。「說不上是朋友啦。」守峰否定。「之前打聽案情的時候有跟她說過一次話。她是個美人，身邊還帶著傭人，而且看到警察手冊的時候表情莫名驚訝，所以我有印象。」他回答。

「警察手冊？」

「是啊，只是一本再普通不過的警察手冊。」

亞門一開始就看過那本手冊，但他並不覺得有什麼不對勁的地方。

「總覺得那位小姐看起來紅顏薄命呢。」

「紅顏薄命？」

「沒有啦，你想想，長得不錯的人很容易被周遭吹捧吧？他們自然而然會對自己的容貌有自信，走路時抬頭挺胸彷彿有風。但是那位小姐走路的樣子就像在避人耳目一樣，你不覺得她散發出一種苦命人的感覺嗎？」

看見小春走路的樣子，亞門是沒有想到那麼多，不過他回想起一週前，小春拿錢給男人的情形。

「守峰先生，這一個禮拜警署那邊有沒有接到恐嚇之類的報案？」

「我現在都在忙這邊的事，所以不是很確定警署那邊的情況，不過我是沒聽說……怎麼，那個小姐被恐嚇了嗎？」

「不，其實我也不是很清楚……」

亞門把第一天發生的事告訴守峰。他用鼻子哼了一聲，遠遠眺望著走進路旁醫院的她。

結果，這一天，亞門也在毫無斬獲的情況下回到8區分局。柳和東條出門去找轄區內有喰種餐廳的7區搜查官交換情報。亞門確認完他們留下的報告書之後就離開分局。

來了一個禮拜，亞門對這條捷徑已經熟門熟路了。他在腦中盤算著明天的順序安排，一面往巷道走去。

話說回來，20區的大家現在不知道怎麼樣了。

十分仰慕自己的二等搜查官——瀧澤政道曾經說過，如果發生什麼事就會馬上聯絡。既然如此，沒有接到聯絡就表示一切正常吧。同時，這也意味著搜查沒有任何進展。

「『兔子』的事也沒有下文……」

「兔子」是亞門負責的對象，一個使用羽赫，身手靈活的「喰種」。以圓眼鏡為正字標記的年輕局員搜查官——草場，以及亞門打從心底尊敬的真戶都慘遭這傢伙的毒手。如果能盡早揭穿「兔子」的真面目並且討伐對方，想必能撫慰兩位在天之靈吧。

亞門還有另一個追捕「兔子」的理由。他認為眼罩「喰種」跟「兔子」之間有關聯。那位在「青桐樹」之戰中也曾現身的男人，亞門有事情想問他。

「……沒錯，我不能老是原地踏步……」

要是不能好好解決自己被交付的任務，他就不可能繼續追查那兩個「喰種」。亞門回頭望著剛才走過的路。女高中生失蹤案。即便情報不足，他也應該搜查得更加徹底，直到找出答案為止。亞門大步向前邁進。

「呀！」

就在他踏出步伐的時候，咚地一聲不知道撞到什麼東西，響起女性的尖叫聲。看來他撞倒了身旁的女性。

「抱歉，妳還好吧？」

亞門慌慌張張地道歉，關切對方的情形，但是當他看清她的臉不禁疑惑。

「妳是……」

對方就是白天見到的小春。現在那位稱她為大小姐的女傭人，似乎不在身邊。

「啊，我、我沒事……不好意思，我抓不到出聲的時機。」

四周散落著她原本拿在手上的東西，就連杯子蛋糕都滾落到地上了。小春見狀，立刻手忙腳亂地撿起來。

「……您好像在〔CCG〕工作，所以我心想，在這一帶等候應該就能見到您……我想為之前的事向您表達謝意，可是……」

她望向手上的盒子，裡頭放著塌掉的杯子蛋糕。看樣子應該是帶來送給亞門的東西。

「我沒做過什麼需要送禮的事。」

「不，我真的很高興。您對我這個素昧平生的陌生人如此親切。但是，怎麼說也不能把掉在地上的東西送給您……」

小春看著塌掉的蛋糕喃喃低語，不過亞門立刻伸手拿了一個蛋糕。他輕輕拍掉表面的灰塵之後，就把蛋糕放進嘴裡。

「啊！」

雖然吃起來多少有點沙沙的感覺，但味道還不錯。只是對於喜愛甜食的自己而言，稍嫌甜味不足就是了。

「味道還可以嗎……？」

小春戰戰兢兢地問著，亞門點點頭，雙手合十：「很好吃。」

「太好了，因為顧慮到您是男性，所以我稍微減低甜味……」

「我倒覺得再甜一點會更好。」

亞門拎起放在地上的手提箱。

「對了，那天晚上的事，妳有跟警方報案了嗎？」

「那件事……我還在猶豫當中。」

「猶豫？」

「很多事情都還無法下定決心。」

雖然沒有說得很清楚，但對方看來有把他的意見放入選項當中。「我認為將事情老實說出來，妳自己也會比較輕鬆。」亞門給完建議之後就邁步離開。

五

「亞門，你這陣子一直都在局裡過夜，身體不要緊吧？」

一大早，柳一進門就看見亞門已經將資料攤在桌上，正一個人在收集數據，不禁驚呼出聲。

「早安。我平常有在鍛鍊體力，所以這點程度還不成問題。」

自從那天亞門重新鼓起幹勁之後，他就為了尋找女高中生失蹤案的線索，連日夜宿在8區分局。

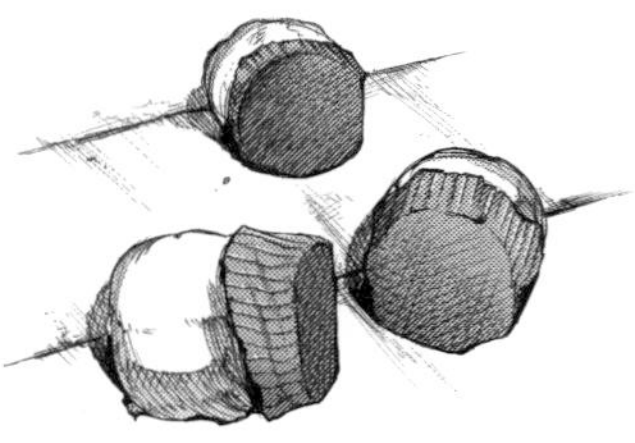

「我只能說你實在令人欽佩……東條真應該跟你好好學習。如何？有查出什麼線索嗎？」

亞門抽起一張尋人啟事，交給從他背後探頭看著資料的柳。

「什麼什麼？『如果看見這個女孩子請跟我聯絡』……這是你做的傳單嗎？不過紙張看起來很舊了，名字也不一樣。『瀨田遙華』……這個女孩子是誰？」

這次的案件中，下落不明的人是『平野舞』。但是，這張傳單上的人是一位名叫『瀨田遙華』的女高中生。紙張本身也在風吹日晒下變成紅褐色。

「嗯……？日期是十八年前呢。」

「是的，柳先生。十八年前，8區內也曾發生過同樣的案件。」

傳單上印製的人像，是一位看起來個性十分乖巧的少女。她也是在毫無預警的情況下，突然消失蹤影的樣子。

「不光只是如此，十五年前，報紙上也曾刊登過女高中生在8區失蹤的消息。」

亞門將報紙的影本拿給柳看。

「如果案件跟『喰種』無關，情報可能就不會轉到〔CCG〕這邊來……說不定你繼續找下去，會出現更多案例。」

「是的，這次的事件或許比我們想像中更加盤根錯節……」

話說到這裡，亞門突然有種似曾相識的感覺，一時無語。他記得自己也聽過同樣的一句話。回溯腦中的記憶，最後出現的是守峰談論這件案子的側臉。

——……這件事更加盤根錯節啦。

「守峰應該知道這些事吧？」

彷彿讀透了亞門的想法似的，柳說出他的疑問。

「我沒有聽他提過這方面的事。」

「是嗎……照理說，他如果知道應該會告訴你。但是，他要是不知情也太奇怪了。畢竟這方面的資料應該都放在警方那裡。亞門，你去跟守峰確認一下就知道了。他今天應該也來了吧？」

看看時鐘，差不多是守峰到訪的時間了。亞門拿著那張傳單，站了起來。

亞門走出〔CCG〕的門口，往一片綠意盎然的植栽望去，守峰一個人就蹲在地上抽菸。他立刻注意到亞門的出現，將抽到一半的菸塞進攜帶式菸灰缸，站起身子。

「怎麼，今天比平常還早一點喔。」

守峰把手插在褲袋裡，慵懶地往亞門這裡走過來。亞門把手上的傳單往他面前一推。

「嗯？」

守峰抽出一隻手接下那張傳單，「喔喔……」聲音從他的嘴角逸出。

「真是令人懷念的東西呀……」

「十八年前，這裡也發生過同樣的事件。你對這個案子有多少了解？」

守峰抬起頭來瞄了亞門一眼。

「以警察的身分來說，『我什麼都不知道』。」

他回答。

「以警察的身分來說……？」

這是他以組織的立場做出的回答嗎？「那麼，」亞門換了一個問法：

「以你個人來說呢？」

因為髮夾被放置在警署旁邊。光憑這種薄弱的理由，守峰就堅持凶手是人類。在這個答案背後，應該隱藏著只有他才知道的真實情報吧？守峰似乎陷入沉思，好一會兒都沒有開口。開始失去耐性的亞門正打算用更加強硬的口吻逼問時，他終於說話了。

「這位……十八年前失蹤的『瀨田遙華』，她在煙火大會結束後返家的路上消失蹤影。」

這張傳單上並沒有任何關於煙火大會的消息。守峰淡淡地說下去：

「十五年前也有女高中生突然失蹤。再往後推，十三年前也發生過同樣的事，不過那次案發地點是在隔壁的7區。」

守峰對案情倒背如流，中途完全沒有停下來回想，也沒有因為搜尋記憶而說得斷斷續續。他究竟做了多少調查，以至於內容已經深深烙印在他的腦海裡了？

這個事實讓亞門湧起一股強烈的怒氣。

「九年前，一個上完聲樂訓練的女高中生在回家路上被擄走，七年前則是……」

守峰清晰流暢地敘述著。回過神來，亞門已經揪住他的領子。

「既然你知道這麼多消息，為什麼之前都閉口不談！」

如果守峰事先提出這些情報，那麼搜查的方式就會有所改變。不，亞門更氣的是，守峰只會一味地指責自己，卻絕口不提跟案情相關的事情。虧他還說什麼人命關天，這種態度未免也太不負責了吧？

但是，守峰依舊面不改色。彷彿早就知道亞門總有一天會找到答案，然後回過頭來責備他。

「亞門先生，當這起案件最初的失蹤者『瀨田遙華』下落不明時，警方恐怕沒進行什麼調查，就以離家出走結案了。」

守峰拉開亞門緊抓著他衣領的手，望著那張『瀨田遙華』的尋人啟事。

「關於在其他區失蹤的人，有的區會去調查失蹤者的下落，有的區則是懷疑與『喰種』有關，請求〔CCG〕提供協助。只是最後大家都沒有什麼收穫，搜查就這麼打住了。」

說到這裡，守峰停下來嘆了一口氣。

「就在案情全都遭到擱置的情況下，這次8區發生的失蹤事件卻出現沾著『喰種』體液的髮夾。這下子有人緊張了，就是十八年前將8區發生的『瀨田遙華』失蹤案當成離家出走處理，沒有進行調查的男人。而那傢伙現在是刑事課的高官。」

「這麼說，難道……」

亞門抑制不住心中那股不好的預感，守峰輕輕點頭。

「為了保住無聊的顏面，上層不想讓別人把這次的事跟十八年前的案子連結在一起。畢竟『瀨田遙華』的母親，當初就是因為不堪警方和社會大眾指責她的家庭本身有問題，因此在痛苦中自殺。」

怎麼樣？很腐敗吧？

守峰彷彿也在嘲笑自身似的扯了扯嘴角。

「如果犯人是『喰種』，只要二話不說直接驅逐就好了。這麼一來，或許十八年前的事也能就此一筆帶過。我們警方的高層就是抱著這樣的期待啦。不過現在因為一個熱心過頭的喰種搜查官，他們的希望算是泡湯了。沒想到你能找出那麼久以前的資料。」

「我很佩服你喔。」守峰道。但是，這並不是亞門想聽的答案。

「守峰先生，你不斷反覆告訴我，這個案子是人類搞的鬼，這個推論有什麼理由嗎？」

「我已經說過好幾次了，『髮夾被擺放在警署旁邊』就是最充分的理由。因為同樣的失蹤案件從十八年前開始就有了，但是過去從未找到任何跟犯人有關的證據喔？這就表示犯人行事十分慎重。可是，這次的案子卻出現髮夾。因此我認為——」

平常總是讓人難以捉摸的守峰，第一次露出苦悶的神情。

「是放置髮夾的某個人想拜託『警察』。希望我們能逮捕犯人。所以我認為犯人是人類。」

守峰的邏輯讓亞門難以理解。但不可思議的是，他也能感受到守峰是打從心底這麼認為。只是亞門也有不能退讓的部分。

「我現在明白警方的立場了。但是，只要髮夾上沾到『喰種』的血液，我認為這件事就一定在某種形式上跟『喰種』有關。」

「……」

「我不能放任那傢伙在外頭亂跑，而且我相信只要逮到那傢伙，應該就能更接近案情的真相。所以我就更不能夠輕易把案子發回去給警方了。」

守峰搔著頭，喃喃叨唸著：「你真的很頑固。」不過他的表情很開朗。

「既然如此，就讓我奉陪到底吧！」

守峰把這十八年間發生的類似案件資料都給了亞門，他們再用這些資料來鎖定「喰種」嫌疑人。儘管有守峰幫忙過濾個人情報，讓搜查的進展更加快速，但是最後得出的答案卻讓人難以接受。

「……全體都不可能犯案？」

亞門調查完住在車站旁公寓的「喰種」嫌疑人之後，兩眼緊盯著柳交給他的資料自言自語著。所有被列為嫌犯的人都有不在場證明。

這麼一來，搜查就走進了死胡同。以〔ＣＣＧ〕立場來說，調查到這個程度就已經夠詳盡了，因此照這個狀況來看，案子可能得交回警方手上。

但是守峰並不像以往那樣聲聲催促。

「可以拿到其他區的『喰種』嫌疑人情報嗎？專門襲擊女高中生的『喰種』。」

「我已經提出請求了，不過住在8區之外的『喰種』嫌疑人，數量必然很多。」

「臨時被派到8區工作的你，要離開自己的工作崗位出外調查會很困難吧。但話雖如此，你們又不能把那些有守密義務的資料交給我……」

兩個人就這樣一籌莫展地在車站呆立著，不過守峰聳了聳肩：

「繼續在這裡拖拖拉拉也不是辦法，找個地方擬定作戰策略吧。」

他決定換個方式。

「說的也是……那麼就先借用〔CCG〕的會議室好了。」

「喔！」

亞門帶頭走進通往〔CCG〕的巷道。由於兩旁都是高樓大廈，光線一下子暗了下來。不過這條路他也已經走慣了。

走了一會兒，光線從前方射進來。同時，亞門也看見一條往這裡延伸的影子。刺眼的光線讓他瞇起眼睛，沿著影子的方向看過去，小春就站在那裡。

「啊，您好，鋼太朗先生。」

小春發現亞門之後，深深一鞠躬。她的視線也投向走在後頭的守峰。小春驚訝地倒吸一口氣，目不轉睛地盯著他的臉。

「我記得您是……刑警先生。」

「妳好。」

之前在外面看到小春的時候，守峰曾提起，他以前打聽案情的時候跟她有過談話，不過看來她也記得守峰的事。

「不好意思，兩位正在值勤嗎？」

「是的，請問有什麼事嗎？」

「那個、是這樣的……」

她欲言又止地看著守峰。「我打擾到你們了吧？」守峰看了看亞門又看了看小春，轉身後退幾步迴避。以旁人來看，這大概是一副讓人微笑的光景。小春應答的態度確實很有禮貌，不管誰看見她，應該都覺得她是個挑不出毛病的一般女性吧，但是亞門就是無法不對她投以懷疑的視線。

「找我有什麼事嗎？」

亞門問道。小春從包包裡拿出一個紙袋。

「這是……？」

「之前送您的蛋糕，您說希望能夠更甜一點……所以我就做了這個。」

亞門往小春交給他的紙袋裡望去，裡頭放著杯子蛋糕。飄著一股比之前收到的蛋糕還要香甜的氣味，符合亞門的喜好。但是，亞門到底還是露出不悅的表情。

「我已經說過很多次了，我並沒有做什麼值得感謝的事。而且要是妳一直送東西給我，我的立場會很為難。」

「說、說得也是。可是之前送您的蛋糕都髒了，我實在是過意不去……」

語無倫次的小春紅著臉，低下了頭。

「有什麼關係嘛，亞門先生，你就跟人家說聲謝謝，把東西收下來不就得了。」

大概是體貼他們吧，守峰把視線朝著別的方向，一邊點菸一邊說著。

「像這樣在我值勤的時候，因為私人的事情來找我說話，我會很困擾。」

「你這個人真的很頑固……」

呼──守峰吐出口中的煙，從亞門身後探頭看著小春。

「不過話說回來，小姐，妳的皮膚真白呀。我之前也在想，妳蒼白到像是身體有什麼地方不舒服，是不是生病了？」

「啊，不是這樣的……我的養父病倒了正在住院，也許我是因為照顧他太過疲累了。」

小春摸著自己的臉說道。

「……養父？小姐，妳是養女嗎？」

「是的，我小時候父母親就過世了……」

「什麼原因呢？」

「……」

「是意外還是怎樣？」

簡直像在問案一樣。小春沉默了下來，慢慢垂下眼睛。守峰緊盯著她，等待她的回答。

「……咦？亞門？」

但此時，巷道中響起其他人的聲音。轉頭一看，有三個男人跟亞門和守峰一樣，從車站那邊走過來，其中兩個人是柳和東條，另一個人則是……

「喔，亞門，你在忙嗎？」

銳利的眼神，將頭髮全都向後梳的油頭造型。

「富良上等！」

來者是手上有喰種餐廳等案子，負責7區的上等搜查官——富良太志。

「您怎麼會來這裡……」

「我想確認一下8區的狀況，所以就跟柳先生一起巡邏……」

說到這裡，富良突然打住。他大概是注意到守峰和小春的存在。

「啊，這位是現在協助調查的守峰警部補，另一位是……一般民眾。」

守峰也就算了，亞門一瞬間真不知道該如何介紹小春。她的出現不但迫使他停下手邊的搜查行動，還得面臨現在這個尷尬的情況，所以他才不喜歡在值勤的時候談論與工作無關的事。

「這樣啊。我現在正要前往8區分局，你應該也在回去的路上吧？待會見。」

「是。」

富良一行人越過亞門和守峰的身邊離開。

「……鋼太朗先生，您真的在〔CCG〕工作呢。」

當三人的背影遠去之後，小春開口說道。

「是啊，我在那裡當喰種搜查官。」

「喰種搜查官……聽說搜查官無時無刻都伴隨著危險。我最近也常聽見『喰種』引發的可怕事件……您不害怕嗎？」

這是他們常被民眾問到的問題。而亞門的回答總是一樣。

「我確實失去了很多同伴，也親身體會到『喰種』的可怕。即便如此，還是得有人出來做這些事才行。」

「……」

「我無法忍受無辜的人遭受『喰種』襲擊而死，不希望更多的人因為失去自己重視的人而悲傷。為此，我要撲滅『喰種』，導正這個世界的秩序。這就是我們〔CCG〕

被賦予的使命。」

「真了不起。」小春用認真的眼神聽亞門說話，逸出一聲感嘆。然後，她彷彿下定決心似地開始述說：

「……鋼太朗先生，其實我的雙親是被捲入事件當中，遭人殺害的。」

「妳說什麼？」

聽見意想不到的告白，亞門驚訝地看著她。

「在一個月黑風高的夜晚……我們一家人都進入夢鄉的時候，一群陌生男人來到家裡，我的父親和母親……全都被殺了。」

所以剛剛守峰詢問的時候，她才三緘其口嗎？

「將失去雙親的我撿回家養育的，就是現在的養父。但是他如今也臥病在床，剩下沒有多久時間了。所以我很明白失去重要的人那種悲傷的心情。」

她一邊說著，亞門也回想起一幅光景。過去他和失去父母的孩子們一起在孤兒院生活的往事，這段回憶就像陽炎一般搖曳著。

「聽了鋼太朗先生這一番話，我也覺得必須決定自己該走的路才行。不好意思，老是耽擱您的時間。謝謝您。」

說完，小春露出微笑。

「……亞門先生，你也是個罪孽深重的男人呢。」

小春離開之後，在一旁從頭看到尾的守峰說出他的感想。

「罪孽深重的男人……？」

「唉，所以我才說你頑固。你總有一天會因為女人吃苦頭的。」

守峰一副受不了他的樣子。「什麼意思？」亞門詢問。「就算我解釋了你也不會明白啦。」守峰四兩撥千斤帶過。亞門實在無法釋懷，他還想繼續追問下去，守峰只是拍拍他的背催促著：

「你不是還得回〔CCG〕去嗎？我也想到另外還有事情要辦，咱們就在這裡解散好了。」

不是要擬定今後的計畫嗎？守峰扔下困惑的亞門，丟下一句「再見啦！」便揚長而去。

「現在是什麼情況？」

「亞門一等，剛才那個女人真漂亮啊！」

一回到〔CCG〕，說話不經大腦的東條就衝著亞門說道。東條所說的女人恐怕是在指小春吧。看來她滿符合一般男性的喜好。

「明明是初次見面，她卻用一雙水汪汪的大眼直勾勾地看著我，害我都小鹿亂撞了。」

「是你自我感覺太良好了啦，自我感覺良好！人家盯著你看是因為害怕吧。」

柳一臉不爽地吐槽東條，但他似乎也是左耳進、右耳出。

就在這個時候，忙著確認8區資料的富良插嘴：「那種類型的女人深不可測喔。」

「咦？富良上等，您這麼說是什麼意思？」

「像那種表面功夫做得很好的傢伙，背地裡往往有不可告人的一面。你又不是很了解她，最好不要自顧自對人家有什麼期待。」

「看吧，都是因為你這傢伙說了蠢話，連富良都受不了了！」

柳就像老爸訓斥兒子一樣，敲了東條的頭。

富良苦笑著打圓場：「沒有啦，我也只是因為年輕時有過這種經驗，所以才講了兩句。」

亞門的意見和富良相同。即便「喰種」在人前擺出多和藹可親的姿態，背地裡還不是若無其事地吃人。

「……『喰種』。」

亞門喃喃低語著，打開手上的紙袋，拿出杯子蛋糕。他湊近一嗅，沒有什麼可疑的地方。於是他咬了一小口做確認。

「……沒有什麼不對勁啊……」

口味本身比之前吃過的還甜，美味多了。只是，小春的言行舉止讓他莫名介懷。

亞門不動聲色地將咬了一口的杯子蛋糕放回紙袋裡。

六

會議結束之後，亞門目送富良和柳、東條回家，他今天也獨自留在8區分局。時間已經來到深夜零時。亞門想買杯熱騰騰的飲料休息一下，於是從椅子上站了起來。

「嗯……？」

此時，他的手機突然響了。來電的人是守峰。他以往從未在這麼晚的時間打電話來。亞門一邊覺得不可思議，一邊接起了電話。

「喂，我是亞門。」

『亞門先生，你還在〔ＣＣＧ〕嗎？』

震耳欲聾的聲量讓亞門反射性縮了縮肩膀，心想到底發生什麼事。

「對，我還在這裡……」

『我人就在〔ＣＣＧ〕的入口，不好意思，可以開門讓我進去嗎？』

守峰的聲音聽起來有些焦急，亞門維持通話的姿勢快步走出房間。

「發生什麼事了嗎？」

『是關於那位紅顏薄命的小姐「內海小春」。』

「內海……？」

亞門雖然知道她的名字，但不知道她的姓氏。儘管他不明白守峰為什麼要提起她，但他的心頭確實萌生一股不祥的預感。

「可以請你繞到後門嗎？我馬上就到。」

亞門切斷通話，衝進電梯裡。此時此刻，等待電梯到達一樓的時間讓人覺得特別漫長。好不容易趕到後門，把門打開之後，他便看見守峰一臉嚴峻地站在那裡。

「發生什麼事了嗎？」

「我跟你分頭之後就去調查那位小姐的事。然後到她養父所在的醫院，調查他的名字。」

「你為什麼要這麼做……」

「這是刑警的直覺。」

守峰比著自己的太陽穴。

「……你不相信嗎？」

也許守峰認為，個性腳踏實地的亞門應該不會被「直覺」這種曖昧不清的辭彙左右。但事實上，亞門此時此刻才終於接受他的說詞。

「……請把詳細的情形告訴我。」

他帶著守峰到自己平常做調查的資料室，兩個人隔著桌子面對面坐下。

「她的養父叫做『內海勇次郎』。是這一帶赫赫有名的貿易公司社長。養女小春今年二十八歲。我跟附近的人探聽過了，似乎是十八年前收養的樣子。」

十八年前。這個數字讓亞門背脊一陣惡寒。那張尋人啟事上的「瀨田遙華」就是在那一年失蹤的。

「所以我就去調查，十八年前有沒有夫婦遭到殺害，只有孩子倖存下來的案子。」

如果是殺人事件，警方那邊應該會留下資料吧？「但是，」守峰說道：

「我並沒有一筆一筆逐條調查，也許會有遺漏……可是，什麼也沒有。」
「沒有……？」
「沒有發生類似的案件。」
這麼說，就是小春在說謊囉？亞門懷疑起小春的說詞，但守峰表示：
「我認為那位小姐說的是實話。」
他說道。
「既然如此，為什麼會查不到？」
「亞門先生。」
守峰直直地注視著亞門的眼睛。他紊亂的思緒中逐漸浮現一個可能性。
「〔CCG〕那邊沒有相關情報嗎？」
這句話的意思是——
「有沒有『搜查官』在沒有月亮的夜晚，為了驅逐『喰種』一家而入侵？」
亞門的腦海裡浮現這樣的場景：在一個全家大小都在家的夜晚，搜查官貼著牆壁窺視著裡頭的動靜。
「還有，現在回想起來，那個髮夾就是在我向那位小姐問完話之後，才被放在警署附近。而且她今天說的話，也有很多地方讓我覺得不太對勁。可以用『父親』草草帶過的地方，她卻老實說是『養父』，還把自己印象中的出身全都一五一十告訴我們……」

此時亞門的手機再度響起。他正在聽守峰說明詳細的情況，究竟是誰打來的？亞門拿起手機確認來電顯示之後不禁訝異。

「……是柳先生。」

柳也不是那種沒事會在三更半夜打電話過來的人。守峰似乎也很清楚柳的作風，他催促著：「你還是快點接起來比較好！」於是亞門接起電話。

『不好意思這麼晚了還打電話給你。是這樣的，我有點事情想問你。』

柳深深嘆了一口氣。

『離開分局之後，我跟東條到居酒屋去喝一杯，結果之前那位跟你說話的女性也在。她發現到我們之後就主動過來跟我們攀談。結果東條那傢伙就得意忘形，跟她交換手機電話……』

「東條先生跟那位女性在一起嗎!?」

聽亞門說話的內容和口氣，守峰大概也察覺到了。「喂喂，東條……」他的表情黯淡下來。

『沒錯。後來我們喝到一半，她就打電話來邀請東條一起去吃飯。我警告東條，不能輕易相信才認識沒多久就立刻邀對方吃飯的女人，那傢伙也回答「說得也是」，可是……』

「難不成東條先生……」

『通常我們喝完酒之後，他就會吵著續攤，但是那天他卻很乾脆地解散了。後來我總覺得不太對勁，所以傳了訊息給他，可是卻遲遲都沒有回覆。打電話過去也沒人接。』

不祥的預感、第六感。雖然還不確定她就是「喰種」，但是，有種感覺不停催促著亞門採取行動。

「……守峰先生，你知道那位女性的住所嗎？」

「嗯，我調查過了。」

身為喰種搜查官，過去所累積的經驗對亞門敲起危險的警鐘。守峰和亞門彼此點了點頭。

「柳先生，東條先生也許危險了！」

『危險!?這、這是什麼意思……』

「我現在就去找他！」

亞門切斷通話，立刻跑去拿他的手提箱。

「亞門先生，我的車就停在外面，坐我的車去吧！」

夜深人靜，人們都在睡夢當中。守峰狂踩油門往小春家飛馳而去。亞門趁這個時間聯絡上柳，跟他詳細說明情況。

「亞門先生，到了！」

她家距離河岸很近，是一棟備有別館的豪宅。下了車，興許是海風順著河川吹拂而上，迎面飄來一陣海潮的味道。

亞門緊握著手提箱，往大門走去。他按下電鈴，但是屋子裡沒有任何反應。眼前是一扇比他們還高、看起來很堅固的大門，亞門從門縫裡窺視裡頭的情形，只有別館的燈光亮著。可以聽見從那裡傳出細微的音樂聲。

「接下來該怎麼做？亞門先生。」

情況刻不容緩。要是弄錯了，了不起自己受到處分而已。

「守峰先生，你先退後。」

亞門用力握住手提箱的把手，解除昆克的生體認證。

「……哇喔！」

看似隨處可見的手提箱突然爆開，塞在裡頭的東西發出巨響，凝聚成一個形體。

「真驚人……」

正義的武器瞬間現身。這是在青桐之戰中，做為亞門的搭檔充分發揮力量的昆克，也是他尊敬的上司——真戶留下的遺物『倉』。仿造巨大柴刀的形狀，在甲赫當中也算是重量級，拿在手上十分沉重。這份重量能讓亞門的力量發揮到極致。

亞門拿著倉用力揮動一圈，等身體稍微習慣了之後，他目不轉睛地打量著門。

「之後隨便編個藉口就行了！」

但是人命一旦失去了就無法挽回。亞門將倉往後一拉，大步向前踏，像破壞城門的圓木似的把昆克猛力往前砸。

「哇……！」

砰！震耳欲聾的撞擊聲瞬間響起。堅固的大門在昆克的攻擊下，像鐵絲一樣扭曲，飛了出去。

「守峰先生，如果對方真的是『喰種』，你一個人類之身會很危險。我沒有餘力保護你的安全，要是發生什麼狀況，你一定要先避開！」

亞門往別館直奔而去。守峰跟在他後面打趣道：

「你不也是人類嗎！」

亞門回過頭，鏗鏘有力地回答：

「我是喰種搜查官!!」

破壞別館上鎖的門之後，他們踏進房子，眼前是一座挑高的大廳。屋子裡裝飾著各式各樣琳琅滿目的美術品，還有一盞豪華的水晶燈，很有貿易商的風格。從古董唱機中流瀉出音量放大的古典音樂。

「……沒想到您會來得這麼快。」

大廳深處，一扇通往其他房間的門敞開著，一個女人靜靜地站在那裡。雪白的肌膚，朦朧的雙瞳，這個人就是小春沒錯。

「那是……！」

小春的右手握著一個跟她纖瘦的身軀極為不搭調的銀色手提箱。亞門記得自己看過這個東西。這是東條的昆克。

「……混帳傢伙，妳對東條做了什麼！」

「……」

小春移動擺放在房間一隅的屏風。屏風後面有一張大桌子，一條刺繡精美的布蓋在上面，彷彿在隱藏著什麼。她掀起那塊布。

「東條先生！」

「唔——唔——！」

桌子上躺著手腳遭到捆綁，嘴裡塞著布條的東條。小春迅速離開東條，亞門一面戒備著她，一面和守峰一起往東條那裡奔去。

「你在搞什麼東西啊！東條！」

「呼哈——！對、對不起、得救了！」

守峰將布條取下，解開緊緊綁住東條雙臂的繩子。亞門將兩人護在身後，重整態勢面向小春。她將東條的手提箱緊緊抱在胸前。

「妳到底想幹什麼？」

又是做杯子蛋糕跟自己道謝，又是稱讚搜查官的工作。一想到這一切背後都有陰謀，亞門就覺得想吐。小春沒有回答亞門的問題，她低下頭，堅定地閉起了眼睛。

「……！」

濃霧般的東西在小春肩上聚集起來。亞門察覺到那是什麼玩意兒，他一鼓作氣縮短兩人的距離，用力揮下倉。小春往後一躍，華麗著地的同時睜開了眼睛。

赫眼出現了。

「……眼睛是……紅色的……」

「……是——！」

不斷湧出的Ｒｃ細胞在小春背上形成一對薄薄的翅膀，彷彿是蜻蜓的羽翅。她往後飛去，想拉開彼此的距離。亞門追上前。

羽赫「喰種」雖然動作無比輕盈，但是攻擊力也低，很難和以厚重防禦為傲的甲赫抗衡。因此，操縱甲赫的亞門處於優勢。亞門踹倒一尊大約有兩米高的雕像，使盡渾身解數揮動倉，想阻擋小春的去路。

「……唔！」

亞門一揮下倉，小春便將手上的手提箱往倉揮動的軌道上推過去。東條的手提箱應聲出現裂痕。但由於放置昆克的箱子有經過特殊加工，因此還不至於遭到破壞。小春並沒有抵抗從手提箱傳來的震動，她順著衝勢翻轉，減緩衝擊力。

「唔、哇啊啊啊！我的昆克……！」

亞門聽見了東條丟臉的慘叫聲，但現在最優先的事是驅逐小春。他毫不鬆懈地揮動著手上的倉進行追擊。

「唔……！」

但是小春靈活地利用東條的手提箱，一次又一次閃過亞門的攻擊。她就是為此才偷走東條的手提箱吧。

原本，「喰種」只要到了搜查官面前，就會為了保護自己而展開攻擊。雖然搜查官也有可能會因此受傷，但對方發動攻擊之後一定會出現破綻。一般來說，搜查官都是瞄準這個機會驅逐「喰種」，然而小春完全沒有攻擊的意思。她也不會在亞門攻擊的空檔衝過來，只是徹底堅守防禦。在這種情況下，很難逮住以速度見長的羽赫。難道她打算等亞門體力消耗殆盡之後再發動攻擊？

不，亞門立刻否定這個想法。羽赫跟其他赫子比起來，Ｒｃ細胞的消耗更加劇烈，如果演變成持久戰對她肯定不利。如果她知道自己赫子的特性，應該就不會採取如此迂迴的戰法。亞門摸不清小春的意圖。

——……不要去想了。

身為搜查官，他該做的是驅逐「喰種」。只要他不停下攻擊，讓小春持續放出赫子，她總有火力不足的時候。自己之所以鍛鍊身體就是為了這種時刻。

「……喝!!」

亞門使勁往倉的長柄中段部分一扳，柄一下子分成了兩段。倉是可以變形的武器。他把扳下來的柄插進倉裡，往兩邊用力一拉，一把武器瞬間就變成了兩把。昆克的變形過程讓小春驚愕地睜大眼睛，就在這時候，亞門將其中一把昆克像迴力鏢一樣丟出去。

「……！」

面對意想不到的攻擊，小春雖然想用手提箱擋住，但還是無法防禦激烈旋轉，往身上來勢洶洶飛來的昆克。

「啊……」

手提箱被彈開，擋不住衝勢的她跌在地上。亞門緊握住手上僅剩的那把昆克，打算給她致命一擊。但是小春突然放出大量的Ｒｃ細胞，硬把自己的身體撐起來，在千鈞一髮之際躲過亞門的攻擊。不僅如此，她還從地上撿起亞門剛才扔出的昆克，一躍跳到水晶燈上。

（糟了——!!）

水晶燈因為她的重量而大幅左右搖擺。小春攀著連接天花板和水晶燈的鎖鏈，肩膀激烈地上下晃動。化成羽翅形狀的赫子也只剩一層濃霧環繞在肩膀四周。看來她剛才為了閃避亞門的攻擊，一口氣放出Ｒｃ細胞，所以已經沒有餘力了。

「可惡……」

現在明明是大好良機，卻因為讓她逃到搆不著的地方而無法出手。亞門猶豫著是否該把右手那把僅剩的昆克也一併扔出。

「亞門！你先等一下！」

守峰的聲音在亞門耳邊響起。轉頭一看，他正拿著自己的手槍，將槍口對準小春。

「守峰先生！除了針對『喰種』特別開發的Q巴雷特子彈以外，一般子彈傷不了『喰種』！」

「我知道啦！」

守峰瞇起眼睛瞄準，砰的一聲對小春開槍。子彈直直往她的方向飛去——

「……呀……！」

子彈命中她攀住的鎖鏈。槍擊造成的震動讓她反射性放開手，失去平衡的身體隨著水晶燈一起摔落下來。

「……真準啊！」

亞門重新握緊倉，等著她掉下來。

「喂……!?」

「什……」

但是，在亞門攻擊之前，已經有東西貫穿了她的身體。那是一陣比手槍的子彈更加堅固的彈雨，在她身上製造出無數的彈孔。

亞門和守峰雙雙驚訝地瞪大雙眼，但是一旁的東條比他們更驚訝。

「咦？呃、我只是啟動而已，什麼也沒做……」

看來東條為了確認狀態而發動的昆克，無視東條的意志擅自發動攻擊，以羽赫昆克的子彈射穿了小春的身體。大概是之前被小春拿來當盾牌，被砸出裂痕的昆克故障了。

但是，以結果來說確實成功討伐了小春。她渾身是血的身體重重跌落在地，「呼……呼……」小春不斷發出粗啞的喘息。

「鋼……太朗……先……」

小春睜著染血的雙瞳，呼喚著亞門的名字。

「對、不起……」

突如其來的致歉出乎亞門的預料。她的眼神也望向走過來看狀況的守峰。

「恭……平……對不起……」

「……啊……？幹麼叫我的名字……」

守峰發出困惑的聲音。他的名字確實是恭平，但是她沒道理要直呼他的名字啊。

小春沒有回答守峰的疑問，她注視著亞門和守峰，吃力地擠出最後一點聲音。

「是我……擄走大家……是我……把大家都吃了……」

「……！」

「全都在……裡面的、房間裡……」

小春虛弱地指著大廳深處。

「我知道……這是……不可原諒的事……但是、我生來、就是這個樣子……遲遲、無法下定決心去死……」

某種不是鮮血的液體漸漸溼潤了小春的眼睛。

「一再、犯下罪行……才苟活到現在……但是……」

她的雙瞳緊緊鎖住亞門。

「因為……看見鋼太朗先生……我才……鼓起勇氣……」

眨眼的瞬間，她的眼淚同時滑落下來。

「希望……鋼太朗先生期許的未來……有成真的一天……」

小春的赫子消失了，閉上眼之後，她的軀體跟一般人類沒有兩樣。

「請您務必……創造一個不會讓我們（悲劇）誕生的世界……」

身為「喰種」的她，竟然憧憬著身為〔CCG〕喰種搜查官的亞門所期望的世界，打從心底祈禱能夠實現。

然後，語聲戛然而止。

「這是怎麼回事……？」

亞門無法理解小春的話，呆呆地俯視著她的屍體。

「……就是字面上的意思啊……」

站在隔壁的守峰用憐憫的眼光看著小春，輕聲低語著。

「不管是什麼生物，只要出生了就會害怕死亡。所以既然生下來就是『喰種』，就一定得用『喰種』的方式活下去不可。即使必須吃人……」

所以她才希望「喰種」本身能從這個世界上消失嗎？

「亞門先生，要不要去裡頭看看？那裡說不定會有『答案』喔。」

那個她說「一切都在裡面」的房間。亞門和守峰一起往裡頭的房間走去。

「這是……」

不同於大廳的奢華氣息，這裡似乎被當成倉庫的樣子。牆邊有一座雙層置物架，上頭整齊排放著幾個六十公分見方的美麗箱子。

「喂，這是……」

亞門從架上取下離自己最近的箱子，箱子上寫著『平野舞』三個字。守峰立刻大喊：

「是那個戴髮夾的女孩子！」

掉落在警署旁邊的髮夾，它的主人就是『平野舞』。

守峰將箱子放到地上，面帶緊張地掀開蓋子，裡頭放著制服和書包等個人用品。

「這是『平野舞』失蹤的時候，我們推測她身上穿戴的東西。」

箱子裡不光只是個人物品。

『……骨頭……還有頭髮……』

這些恐怕是少女的東西吧。骨頭和頭髮都收在塑膠袋裡面。

守峰將架上的箱子一個個拿出來確認。「這個……還有這個……全都是過去那些失蹤女高中生的名字……」確認途中，他猛然想起什麼似的抬起頭，倒抽一口氣，跑向最深處的架子。接著，守峰粗暴地拉出箱子，當他看見標在上頭的名字之後，忽然停止了動作。

「守峰先生……？」

他的樣子跟剛才明顯不同。守峰用顫抖的手打開箱子往裡頭看去。他拿出收納在裡頭的遺骨、頭髮、衣服和手冊，瞬間表情扭曲，淒厲大喊：

「……遙華……!!」

遙華。亞門也聽過這個名字。不，應該說是看過。十八年前失蹤的女高中生之——『瀨田遙華』，這幾個字浮現在亞門的腦海裡。

「守峰先生……」

守峰將瀨田遙華的遺物緊緊抱在胸前，垂下了頭。

那張親手繪製的『瀨田遙華』尋人啟事、即便責怪警察也執意要調查此案的守峰，以及他看見尋人啟事時，聲聲透露著懷念的言語。

過去所有的跡象都指向一個答案。

守峰打開箱子裡一本很有女高中生風格的可愛手冊，一張照片從裡頭滑落下來。雖然照片上的人很年輕，應該不會錯的。那是一張瀨田遙華和守峰，兩個人相親相愛站在一起的照片。

「亞門！守峰！」

搜查官以及警方相關人士都聚集在內海家，引起一陣小騷動。

好不容易趕過來的柳一看見東條，立刻馬不停蹄地衝過去，狠狠地往他的頭上一揍。

「你到底在搞什麼鬼啊！」

「對、對不起……！」

東條一副快要哭出來的樣子，守峰連忙前來打圓場：「好了好了。」

「拜東條所賜，我們才有機會深入敵陣，而且不說別的，給『喰種』致命一擊的人可是東條喔。對吧？亞門先生。」

「咦？是啊……」

「啥？你們說什麼？東條嗎？」

這是守峰伸出援手的方式吧。事實上他也沒說謊。在亞門點頭表示「是真的」之後，半信半疑的柳也露出複雜的表情，嘆了一口氣。

「可是東條，你的昆克怎麼會搞成這個樣子？壞成這樣已經不能用了。」

東條怎麼也說不出自己的昆克被敵人搶去當盾牌，他像是啞巴吃黃連一樣苦著臉。

「對了，柳先生。這裡還有一位叫做音風的女傭人不見了，大約五十歲上下。從她負責照料身為『喰種』的內海小春這件事看來，她也很有可能是『喰種』。」

「原來如此，我知道了。我會立刻發出緊急通緝令。」

「另外我認為也有必要調查一下內海小春的養父。」

「嗯，了解。不過話說回來……沒想到那位小姐居然是『喰種』……我還不夠老練啊，竟然沒瞧出她的真面目。」

之後，柳表示剩下的事交給他處理就好，於是亞門和守峰便離開現場。守峰提議送亞門回〔CCG〕，亞門便接受他的好意上了車。但是，一路上兩人都默默無語。

守峰開車的時候，表情跟以往沒有什麼分別。但是，他剛才顯露出來的悲痛神情，深深烙印在亞門的腦海裡。

「……幹麼一直盯著我看？」

自己似乎不知不覺就盯著他的側臉看。聽他這麼一說，亞門連忙道歉「不好意思」，然後移開視線。守峰輕輕地笑了。

「她是我女朋友啦。」

他嘀咕出聲。

「那天，我們兩個一起去看煙火大會。因為回家的時間有點晚了，所以我要送她回家，但是她卻說『沒關係』……然後我們就天人永隔了。」

「……」

「警方根本不願意好好調查，所以我才會成為警察。我認為，只要當上警官就能自己展開搜查了。這就是小鬼的想法。然後我一直在想，一定要找到凶手，狠狠宰了對方。」

那麼今天，他算是報仇雪恨了吧？照理說他胸中的鬱憤應該多少得到一點紓解了。但是，從守峰的表情上看不出獲得解放的感覺。

「可是──等我當上條子開始工作之後就慢慢察覺到一件事。什麼復仇啊、血債血還啊，全都是蠢事。那些犯罪的傢伙儘管各有各的動機，但如果追溯到源頭，理由往往都是曾經被某人傷害，或是曾經被誰欺負等等。而這種負面的情感成為原動力，讓他們開始傷害周遭的人。」

守峰緊握著方向盤。

「一想到我的憎恨，有一天可能也會傷害到某人，走上歪路，我就開始感到害怕。我一直都認為，為了斬斷罪惡的連鎖，就必須抓到那些犯罪者才行。只是，我現在……」

此時，守峰沉默了下來。在一段長長的靜默之後，他語重心長地開口：

「我現在連那個小姐都覺得可憐得很。」

「……」

「如果我生來就是『喰種』，我會用什麼方式生存呢？」

守峰接著道歉：「不好意思，對喰種搜查官說這種話。」之後便不再開口。

亞門心想，小春是不是看過每一位被她擄走的少女身上所帶的東西？所以她才記得瀨田遙華那本夾著照片，記錄她和守峰之間的行程以及回憶的手冊？

或許小春在接受守峰的問話時認出長大後的他，因此在罪惡感的苛責下將那個髮夾放在警署前面也說不定。

希望為了斬斷罪惡的連鎖而四處奔走的守峰能夠逮捕自己。

七

內海小春的案子解決之後，總局派了繼任的搜查官到8區，亞門的任務也就到此結束了。

「亞門先生，聽說您找出完全沒有被懷疑過的『喰種』，還把對方驅逐了！」

亞門才回到20區的分局，不知道從哪裡得到消息的瀧澤政道就興奮地上前跟他攀談。

「不，這次多虧有警方的協助。」

「請您不要這麼謙虛！竟然專門獵食年輕的女孩子，您可是為『喰種』卑鄙的行為畫下了休止符呢！您實在是太厲害了！」

瀧澤雙手握拳講得熱血沸騰，高興得彷彿立功的人是自己一樣。

「辛苦了，鋼太朗。」

前來慰勞的是舉止穩重，不過卻是以武鬥派聞名的法寺項介。

「柳先生對鋼太朗可是讚譽有加呢。就算鋼太朗自己沒有發覺，但實際上真的幫了不少人。」

准特等法寺的話滲入亞門心中。他低下頭一鞠躬：「不敢當。」感謝兩人的心意。

不過此時，亞門發現某個平常都會出現的傢伙，現在卻不見人影。
「……請問什造去哪裡了？」
沒見到那個老是以獨特的步調擾亂別人的鈴屋什造。
「喔，他在篠原特等那邊。」
「篠原先生那裡？」
「是啊。他受了傷，沒辦法給鈴屋進行實地教育，所以好像就把空檔拿來指導他的學科。」
什造並非學院出身的人，不僅如此，本人又有性格上的問題，身為搜查官該懂的知識也有壓倒性不足的部分。
篠原在青桐之戰中負傷，到現在還無法離開病床一步，即便如此他仍然把握時間找出自己能做的事，盡力指導後輩。他的工作態度實在值得大家看齊。
「接下來是有關『兔子』的事。」
「『兔子』……有什麼進展了嗎!?」
法寺抱歉地搖搖頭。
「不，其實那傢伙之後就完全失去音訊，安分到令人害怕。」
法寺說道。

「這樣……啊……」

回到自己久違的辦公桌，上頭堆滿了各式各樣報告書和文件。亞門一張張確認，填補自己離開20區的那段空白。

「……」

查驗過小春的遺體之後，確認附著在髮夾上頭的「喰種」體液跟她相符。他們也持續從殘留下來的遺骨和遺髮，對照被害者的身分，沒有意外的話，應該就是那些下落不明的女高中生。

只是，小春的養父內海勇次郎由於病情惡化，現在被送入集中治療室，沒有辦法進行問案。音風依然行蹤不明，恐嚇小春的人也沒有下文。

雖然小春擄走女孩子，把她們吃掉這件事毋庸置疑，但是亞門心中還是有片揮不去的迷霧。

——……希望……鋼太朗先生期許的未來……有成真的一天……

從赤色的眼瞳中流過臉頰的眼淚、不像是「喰種」會說的話語，在在令人想起那一天，眼罩男流下的淚水。

——……不要……讓我成為殺人凶手……

亞門暫時放下手邊的工作，站到窗戶旁邊，望著下方的林蔭大道。

戴著面具的惡鬼——「喰種」扭曲了世界。這是鐵錚錚的事實。但是，真相果真只有一個嗎？

當亞門告知守峰自己要回20區時，他是這麼說的：

『雖然內海小春是「喰種」，但我不覺得一切全都是那個小姐的錯。所以我會找出她這麼做的理由。』

如果你遇上什麼困難，我也會去幫你。守峰補上這句話，開朗地笑了。

亞門無法理解，對方奪走了守峰最重要的人，他為什麼還能替她說話。只是，他也不覺得守峰的生存方式是錯的。

好想問問那個眼罩男。這個想法在亞門心中逐漸膨脹。只要能跟他問清楚，或許亞門就能看見以往看不見的某些東西。

「……我絕對要把你找出來。」

亞門拍拍自己的臉頰，再次回到工作崗位上。現在的他可沒有停下來的閒功夫。

#002 刺繡

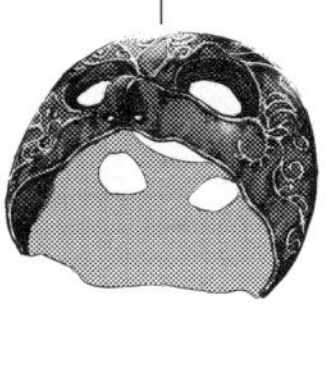

東京【空白】喰種

TOKYO GHOUL

一

一絲一縷紡出麻線，一針一線縫下聯繫。

這裡是一條與繁華街有段距離的巷道，由於街燈很少，一到晚上就會染上濃重的夜色。巷道一角的行道樹旁邊，有一位將兜帽蓋得緊緊的露天攤商。攤子上擺放著各式各樣設計前衛的面具，雖然有人瞧著稀奇而駐足欣賞，但卻沒有半個人願意花錢買下。

「咦——好像很有趣。」

現在也不例外，一個客人停下腳步觀賞面具，但是很快就再次邁開步伐。

「雖然很特別，但是誰會戴這種東西？」

對方扔下這句話之後就打算拍拍屁股離開。

「……喂，你剛才說什麼？」

此時，商人的聲音在黑暗中響起。「咦？」客人瞪大雙眼，商人一把扯下蓋在頭上的兜帽站了起來。

「哇……！」

刺眼的金髮加上花俏的耳環。看起來就像個超級凶惡的不良少年。客人被這驚人的外表嚇到，一溜煙地逃走了。

「嘖！沒種的傢伙。」

商人重新戴上兜帽，煩躁地一屁股往地上坐下。

「可惡……老子要是能成為那個人的徒弟……」

不過，立刻又有人靠過來。

「……可以打擾一下嗎？這位小姐。」

對方竟然稱她為小姐，商人偷偷驚訝了一下。散發著男人味的五官和忘了何謂女人味的平板身材，另外再加上超過一七〇公分的身高和粗暴的態度，因此大部分的人都會誤以為她是男人。

抬頭一看，一個穿著破舊西裝，年約三十過半的男人正蹲在地上盯著她的臉。

「其實，我的身分是這個。」

對方拿出一本警察手冊。看見那本小冊子的瞬間，她立刻跟剛才那位客人一樣，擺好架式準備逃跑。八成是剛才怒罵客人的樣子被看到了，而且警察說不定也察覺到自己無照營業的事。不過那位刑警連忙喊住她：「等等，妳誤會了。」

「我想跟妳打聽一下關於面具的事。請問小姐的大名是？」

「……真的不會逮捕我嗎？」

「真的。畢竟這也不在我的管轄範圍內。我叫做守峰，是8區的刑警。23區不是我的轄區。」

這裡是街上有河川流過，位置面海的23區。8區就在23區隔壁。這個名叫守峰的刑警還在等自己的回覆。「……我是麻。」儘管訝異，她還是姑且先報上自己的名字。

「是說，你想跟我打聽什麼？」

聽見麻這麼說，守峰取出一張照片遞給她看。麻稍微端詳了一下，照片上是一副以皮革為基本素材的面具，上面施加了品味一流的刺繡。雖然設計簡單，但一眼就能看出是由技巧相當高明的師傅製作而成。她忍不住感動了起來，異常入迷地欣賞著。

「我在找這副面具的製造者，妳有什麼頭緒嗎？」

「這個面具的製作者？總之不是我就對了。還有……」

看起來也不像是出自麻尊敬的那位面具師之手。既然如此，她身上就沒有任何守峰想要的情報，不過她對這副面具很有興趣。

「……打個商量，這張照片可以借我嗎？」

「妳要借這張照片？」

「我拿去問問其他的面具師，說不定會有什麼消息喔！怎麼樣？可以吧？」

守峰考慮了一會兒。「我知道了。」他將照片交給麻。

「我如果得到什麼消息就會跟警方聯絡！」

「那就拜託妳了。」守峰聽了之後對她一鞠躬。

「不管多麼微不足道的事都好，麻煩務必提供消息給警方。」

面對表情嚴肅的守峰，麻只是敷衍一下：「了啦！」然後就轉身離開。

「……這起案件應該還沒結束才對……」

刑警呢喃似的自言自語從背後傳來，如果不豎起耳朵大概聽不見吧。

「……誰要跟條子聯絡啊！照片一旦到我手上就是我的東西了，笨蛋！」

守峰離開之後，麻走到一個周遭沒有人的地方，一邊看著照片一邊奸笑著。

「不過，我倒是希望你感謝我呢！」

麻用力咬住臼齒，蓄積力量。幾秒過後，力量從她的體內湧出，剛才盯著照片看的眼睛也變成赤紅色。她舔了舔脣，用力往地面一蹬，身體瞬間就到了屋頂上頭。

「感謝我沒把你給吃了！」

「喰種」是位於食物鏈的頂點，擁有特殊的力量，人人都感到畏懼的存在。而麻也是其中之一。

二

麻從自己的出身區——4區的車站出發，穿過大樓的間隙，進入小巷，繼續往深處走去，就能看到面具店「HySy Art Mask Studio」。麻站在寫著店名的外牆旁，透過窗戶窺視著裡頭的面具。光是看著這些藝術品就能讓她心情飛揚，不知為何還有種自豪的感覺。

「打擾了！」

她敲了門之後大步走進去，戴著面具的假人頭就這麼映入眼簾。

「唔喔喔喔喔！是新作品啊啊啊啊！哇哇！這什麼啊！超帥的！太厲害了——！」

照理說應該先打招呼，但是她實在

無法抗拒面具的魅力，直接往展示區奔去。
「……妳還是老樣子啊，麻。」
店內傳來悠哉悠哉的聲音。
「啊！對、對不起！我一不小心就看得入迷了……！」
麻回過頭，一個男人從工作台探出頭看著她。
「嗯嗯——好久不見。」
無數的耳環，以及蔓延到指尖上的美麗刺青。他就是過去以首領的身分君臨4區的詩。他現在已經從首領的位置上引退，活用自己靈巧的手藝經營一間面具店。
詩在當首領的時候，麻的年紀還小，不過她一直很崇拜以壓倒性的強悍為傲的他。後來更是被他製作的面具給迷倒，因此下定決心要跟他一樣成為面具師。
「果然還是詩哥做的面具最棒了！拜託！請收我當弟子吧！」
麻當場往地上一跪，兩手貼地深深低下頭：「拜託！」
「妳的風格跟我不一樣啊。」
但是這次也失敗了。麻每次見到詩的時候都會像這樣，請求他收自己為弟子，不過他總是輕描淡寫地拒絕她的要求。
「23區怎麼樣？現在情況好像挺糟糕的。」

話題被他帶開，看來這次又失敗了。麻咬著嘴唇站起來。

「……『庫克利亞』遭到襲擊，現在23區簡直亂成一團。白鴿四處亂竄，棘手的越獄『喰種』也到處亂跑。還有『喰種』因此跑去別區避難了。」

麻很講義氣，秉持著不能跟詩在同一個區裡做生意的原則，跑去23區定居，但是現在23區正陷於騷動的漩渦當中。對23區的「喰種」們來說，比起那些被人類囚禁起來的同胞得救這件事，越獄的「喰種」所帶來的麻煩更令他們憤慨。

「我最近也在考慮，要不要先到別區避避風頭，等騷動平息之後再回來……啊，我的事不重要！詩哥！那個，其實我有件事想請教你……」

麻把她來這裡的目的，也就是從刑警那裡拿到的照片遞給詩。

「這是……？」

「今天有刑警來跟我打聽事情。問我有沒有看過這副面具。」

照片上的面具映在詩的眼瞳上。

「……不是『喰種搜查官』，而是『警察』嗎？」

「對呀。好像跟什麼案子有關。不過話說回來，這副面具真漂亮啊！不知道是什麼樣的傢伙製作的。」

「……」

對麻來說，要從平常總是雲淡風輕，不曾慌亂也不曾動搖過的詩身上判讀他的情緒，是一件非常困難的事。她偷偷瞄了瞄詩的樣子。過了幾秒，詩不知道想到什麼，把工作台上的工具收好，站了起來。接著，他披上放在一旁的外套，戴上帽子。

「詩哥？你要出門嗎？」

「嗯……我有點頭緒……」

「頭緒？咦！咦！詩哥，你知道製作這副面具的師傅是誰嗎!!」

詩走出店門口，將牌子翻到「close」那一面，對著興奮的麻說：

「面具師傅……有點不太一樣……紡師傅，是個也有在做面具的人。我也知道對方經常出入的店家。」

「紡師傅……」

這副面具的製作者就叫這個名字。對方不知道是個什麼樣的人，她湧起強烈的興趣。

「請問，我也可以一起跟去嗎！我想親眼看看對方的作品！」

望著緊握雙拳熱切期待的麻，詩回答：「畢竟是妳帶過來的照片，隨妳吧。」

詩帶她來到負責掌管20區的咖啡廳「安定區」。

「這裡是……四方先生工作的地方吧？」

詩還在當4區首領的時候，不知道從哪裡冒出四方蓮示這個謎團重重的「喰種」。

「對……不過我今天的目的不是蓮示，而是來找這裡的老闆……」

好像已經到了打烊的時間，店裡的燈光都關掉了，詩按下店的門鈴之後，一位白髮蒼蒼的中年男性從裡面走出來。

「是詩啊？真是稀客，有什麼事嗎？」

「不好意思，這麼晚了還來打擾，芳村先生。我有點事情想向您請教。」

詩使用敬語的對象——芳村嘴角揚起沉穩的微笑。即便已經上了年紀，還是可以從這個男人身上感受到一股深不可測的力量。芳村也察覺到麻的存在，開口詢問：「這位是？」

「啊！我是希望將來能夠拜入詩哥門下的麻。」

雖然她若無其事地表現出自己想當弟子的念頭，但詩依然不置可否。果然還是不行嗎？麻有些失落。芳村瞇起眼睛看著她：「先進來再說吧。」他招呼兩人進入店裡。

「您的身體狀況還好嗎？」

「為了慎重起見，所以我沒到店裡露面，不過已經好得差不多了。」

芳村端咖啡給坐在吧檯的他們。對從未在這種咖啡廳喝過咖啡的麻而言，這杯散發著濃郁香氣的咖啡就是一等一的高級品。

「那麼，你找我有什麼事？」

「警方好像在尋找製作這副面具的人。我想應該是紡師傅的作品……」

芳村接下詩遞出的照片，蹙起眉頭。

「……這種東西會流出來，就代表『他』那邊出了什麼問題了吧？」

「紡師傅最近有到這裡來嗎？」

「沒有，可能是因為之前店休息了一陣子，所以都沒看到人。」

他們兩個自顧自談了起來，把一頭霧水的麻擺在一邊。她只好喝著手上的咖啡，環顧店內的情形。這家店營造出閒適安寧的氣氛，很難想像經營的老闆是「喰種」。這裡應該也有很多人類顧客吧。這點實在讓她羨慕不已。

「前陣子都把精力集中在那件事上，或許疏忽了其他方面的情報。我這邊也一起調查吧。」

「我明白了。那麼我就去見見紡師傅。」

看來兩人已經達成共識了。見到詩已經起身準備離開，麻連忙慌慌張張地追上去。

「詩哥，接下來要做什麼？」

「我打算到紡師傅家裡看看。剛好也在20區，離這裡並不遠。」

終於能跟紡見面了啊。對方是一位有著老練工匠氣質的「喰種」嗎？還是如同面具散發出來的高貴感，是位美麗的「喰種」？期待感在麻的心中不斷膨脹。

「……就是這裡嗎？」

麻跟著詩來到人煙稀少的郊區，跟剛才位於鬧區的「安定區」大不相同。眼前是一棟老舊又窄小，彷彿會鬧鬼的小洋房。

詩敲了敲門，不過裡頭沒有任何回應。

「……是不是不在家？」

「不，我想應該在。」

話才說完，就如同詩所說，房

子裡頭傳來有人慢慢走近的氣息。麻屏氣凝神地等待來者。

門終於打開了，從門後現身的是——

「……怎麼是個老太婆！」

應門的是一位臉上刻滿皺紋、彎腰駝背、年約八十幾歲老婆婆。她跟剛才那位芳村不同，沒有一點威嚴，而且還散發出人類的味道。

「怎麼？妳是幫傭嗎？叫紡師傅出來啦！紡師傅！」

虧她裝模作樣這麼久，出來的竟然是這個髒兮兮的老太婆。失望的麻忍不住口吐惡言，老婆婆聽了便說：

「我就是紡啊？」

「啥？」

麻一瞬間思考停止了。「不可能有這種事吧……？」她轉頭望向詩。但是詩卻表示：「這位是山方紡師傅，她是一位裁縫師喔。」

向她介紹老婆婆。

「……咦！咦咦咦咦！那副面具是這個像妖怪一樣的婆婆做出來的嗎!?」

紡對麻失禮的態度完全無動於衷。「跟你們『喰種』比起來，『妖怪』還可愛多了。」她回應。這句話在另一層意義上讓麻再次僵在原地。

「……老太婆，妳……」

她不但是人類，還看穿了麻和詩是「喰種」。麻警戒地瞪著她，不過紡只淡淡說了：「我並不想對你們怎麼樣。」然後將視線投向詩。

「你難得會特地跑來找我。原因如同那位小丫頭說的，是我製造的東西嗎？」

「是的。」詩回答。紡看了看詩，又看了看麻。「先進來吧。」她示意兩人進屋。

進門之後，第一眼見到的就是寬敞的大廳。屋子裡的擺設跟雜亂的外觀正好相反，十分簡約。

「……所以，你找我究竟有什麼事？」

他們面對著紡往沙發上坐下來之後，她便開口詢問。

「這個……是您製作的面具吧？」

紡推了推老花眼鏡，確認詩交給她的照片。

「……嗯，不會錯的，是我製造的東西。不過，你們怎麼會有這張照片？」

「照情況看來，警方在尋找這副面具的製造者。」

「警察嗎？」

詩的話讓紡挑起一邊的眉毛。

「哼……原來如此。所以你才跑過來找我啊。」

紡終於搞懂狀況似的點了點頭，往沙發深深一坐。

「就算是這樣，一切也不會改變。可以麻煩你別操多餘的心嗎？」

麻雖然不清楚詳細情形，但她感覺得到詩八成是因為擔心紡，才到這裡來拜訪。見到紡不把詩的好意當一回事的態度，麻就覺得火大。

「喂！婆婆！雖然我不知道事情是怎樣，但詩哥是特地來這裡關心妳耶！妳這是什麼態度！」

麻猛然站起威嚇眼前的紡，但是紡一點也不在意她的舉動，將照片丟還給他們。

「要是沒事了就請回吧。」

「臭老太婆……！」

「沒關係，麻。」

既然詩都出口相勸了，麻就不能再繼續抱怨下去。儘管她一肚子火，還是只能咬緊牙關忍下來。看到麻憤恨難消的樣子，詩再次轉向紡，對她提出另一個要求。

「其實我還有一件事。」

「嗯？」

「我下次想在面具上刺繡。所以希望可以讓我看看您設計的圖樣和刺繡樣品……因為看到好東西，我的靈感就會湧現……」

麻聽了不可置信地眨了眨眼。她從來沒想過詩會有那種念頭。紡大概也覺得很意外，她挑起了一邊的眉毛，像在思索一般眼神游移不定。

終於，她放棄似的嘆了一口氣。

「你那些詭異的面具，真的適合放刺繡嗎……」

她回答。

離開紡的洋房之後，麻稍微走在詩後方幾步。「詩哥，你打算要刺繡嗎？」

「嗯，因為我有個面具加上刺繡應該會很不錯。」

「這麼說，你還會再去找那個婆婆囉？」

「反正都要做了，我也想請她幫我看看刺繡的成品怎麼樣，所以還是會去找她。」

詩難得會在面具上刺繡。麻當然想知道會做出什麼樣的成品，而且也很在意製作過程。她回頭看了看紡的洋房，然後擅自下了一個決定。

三

翌日，麻一個人幹勁十足地敲著洋房的門。由於裡面沒有任何反應，於是她就敲得更用力。敲著敲著，一臉懶洋洋的紡終於出現了。

「怎麼，有什麼事？」

「詩哥在嗎？」

麻把頭擠在門縫上，窺視著屋內的情形。

「咦？麻，怎麼了？」

「詩哥！」

詩似乎察覺到麻的氣息，從客廳探出一張臉。

「那個啊，難得有機會，我也覺得想試著刺繡看看！可以跟你一起做嗎！」

麻向詩請求許可。「妳去問紡師傅吧。」詩回答。看來果然不能無視紡的存在。

「……喂，老太婆，也讓我加入吧！」

麻根本不想向人類低頭，更別提對方還是一個老太婆，她雙手抱胸，用命令的口氣說話。「哎呀呀……」紡聳聳肩，「別把東西弄亂了。」她回答。麻的表情一下子亮了起來，她從紡身旁越過直接往詩那裡奔去。

詩借用客廳裡的一張大桌子，似乎正在看紡設計的草圖。其中一部分也映入麻的眼簾。

「……！」

見到草圖上精湛的設計，麻不禁呆住了，因為她被那驚人的美感深深壓倒。

「……很漂亮對吧？」

詩輕輕吐出這句話。回過神來的麻立刻反射性地回答：「詩哥的設計才厲害呢！」

「外行的小鬼哪看得懂。」坐在沙發上的紡說道。

「我才不是外行人！」

麻自己莫名其妙燃起了對抗意識。紡瞅著麻，「妳也是面具師嗎？」她問道。

「對啦！這就是證據！」

麻一邊說，一邊從包包中拿出自己製作的面具，湊到紡眼前。紡瞇著眼睛打量一下面具後，從鼻子裡嗤笑出聲。

「什麼東西，縫得亂七八糟，左右平衡感也很差。那邊的布料是硬撐開的嗎？整塊布都歪掉了。依我看，八成是因為量錯尺寸，為了湊出成品才勉強拼出來的吧？只是個便宜貨。」

「妳、妳這個老太婆在胡說什麼！我、我製作面具的技術……唔……」

麻遲遲無法接著說下去。因為紡指出的問題太正確了。但她還是心有不甘，只能嗆聲：「老太婆給我閉嘴！」紡絲毫不把麻的怒氣放在心上，她看著那副面具，沉吟了一會兒，便順手拿起放在一旁的紙。接著，她用鉛筆迅速地在紙上開始畫圖。麻偷偷看著紡在做什麼，發現她似乎是在對照自己的面具畫版型。而且成品還比麻製作這副面具時所打的版型更加簡潔精巧。

「喂！妳在幹麼！」

自己的面具竟然在這麼短的時間內就徹底被看穿了，麻氣得一把將紙抽走。紡用鉛筆抵著下巴，哼了一聲把頭轉向另一邊。

「詩哥……！這個老太婆真的很讓人火大!!」

她向詩投訴，希望能得到他的支持，不過詩全副精神都集中在設計圖稿上，沒理會她。他現在應該在培養靈感吧。麻也不敢繼續打擾他，只能像根木頭一樣杵在一旁。此時，紡丟了某樣東西給她。

「唔喔!?」

定睛一看，原來是一塊碎布。

「給我這個幹麼？」

「妳如果閒閒沒事幹就來幫忙裁布，我會給妳一點零用錢。」

突如其來的提案讓麻露出訝異的表情。

「啥——？為什麼老子非得幫妳這個老太婆工作不可啊！」

「怎麼？怕妳的偶像發現妳的技術有多差嗎？」

紡用挑釁的口氣回應一臉不耐煩，正想把布丟還給她的麻。麻聽了一時理智斷線，大聲叫嚷著：

「很有趣嘛！我就做給妳看！」

簡直單純到了極點。

接下來幾個小時，麻持續進行無聊又單調的作業，忍不住開始感到厭煩。

「幹麼要搞五十排回針縫！這種布可以拿來做什麼！」

「妳這麼沒耐性會讓做出來的東西變得粗糙。好了，少說話多動手。要是妳隨便敷衍了事，我可不保證後果喔！」

本來麻已經想扔下不管了，但是詩突然丟來一句「麻，加油——」替她打氣，讓她無法逃走。麻只能說服自己，一切都是為了能夠研究詩的作業工程。總算又重新幹起活來。

就這樣，一直到太陽開始西斜的時候，紡才站起來說道：「已經這麼晚了嗎？」

「怎麼，妳已經要去睡了？不愧是老人家啊，真早。」

麻嘲弄著，紡回了一句：「妳這個笨蛋，」

「我要去買東西。」

不管怎麼樣，這下子麻終於能從這份無聊的作業和紡身邊解放了。她才剛這麼想，詩就抬起頭說道：

「我也一起去吧。」

他站了起來。

「咦？詩哥，你也要去嗎？」

「嗯，轉換一下心情。」

既然如此，情況就不一樣了。麻用銳利的眼神瞪著紡，

「那我也要去！」

她大叫。

出了門口，詩開口：「我要想一些事情，所以就走在妳們後面囉。」接著便跟她們保持一段距離。他恐怕是在思考該如何設計吧。其實麻很想走在他旁邊，但又怕自己會分散他的注意力，只好退而求其次，跟紡一道走。

「婆婆，妳到底要去哪裡啊？」

麻有點好奇此行的目的地便開口詢問。「要去商店街。」紡回覆。

「人類必須去商店調度食物，跟你們不一樣。」

聽她這麼一說，麻才猛然想起紡知道他們是「喰種」的事，所以紡才會用那種方式說話。

「……婆婆，妳為什麼不怕我們？難道妳沒想過自己會被吃掉嗎？」
「妳會想吃我這種皺巴巴的乾癟老太婆嗎？而且，打從認識詩開始，我就已經跟『喰種』打過交道了。」
「可是，我說不定心血來潮就會殺了妳喔？反正我也看妳不順眼。」
麻故作威脅地伸出手，從背後掐住紡的脖子，不過紡立刻俐落地拍掉她的手。
「我很信賴詩。要是懷疑他帶來的傢伙就太不知趣了。」
雖然紡對詩的態度看似冷淡，但其實他們之間有著自己看不見的信賴關係嗎？麻偷偷回頭看了看詩，壓低音量問道：
「……妳跟詩哥很要好嗎？」
「該怎麼說呢？總之，我是看上他的手藝。」
「我想也是！因為詩哥是超厲害的面具師嘛！」
一聽到詩哥被誇獎，開心的麻忍不住笑逐顏開，不過一想到對方是紡，她又趕忙繃起一張臉。
「我看妳還滿尊敬他的嘛。」
「……這還用說。4區尊敬他的人可多了。」
「我想也是……」

接著，他們就陪著紡進入商店街，走了差不多兩小時。進進出出那些「喰種」根本不需要靠近的蔬菜店和魚店，麻覺得自己已經筋疲力盡。

「吃草跟吃魚真是太莫名其妙了……草就該種在土裡，魚就該放回海裡游泳啦！」

回到紡的洋房，麻再度埋首在用回針縫填滿碎布的麻煩作業裡，廚房傳來的陣陣魚腥味讓她煩心不已，忍不住喃喃抱怨著。

「不過，人類的食物色彩繽紛，就像藝術一樣呢。」

「用嘴巴品嘗藝術不知道是什麼感覺……不過我不太敢吃有顏色的食物……」

詩的話讓她皺起眉頭。這時，紡將料理裝盤端了出來。味道一下子變得更加濃郁，麻不禁捏著鼻子。只是，當她半瞇著眼睛偷看紡的食物時，不由得把捏住鼻子的手放下了。詩說得沒錯，紡用美麗的碗和盤子盛裝食物，鮮豔的顏色對眼睛是一種享受。如果用藝術的眼光來看，這些料理倒是很有趣。雖然當紡開始用餐的時候，那種詭異的感覺又讓她覺得噁心，但心中同時也湧現一股發現新事物的新鮮喜悅。

（詩哥應該能看見很多我看不見的東西吧。）

一想到這裡，她心裡同時也覺得有點寂寞。不管自己再怎麼追趕，似乎永遠也無法與他並駕齊驅。

那天晚上，詩回到自己的店裡之後，麻依然在客廳一個人繼續縫著回針縫。一半是因為賭氣，不管怎麼樣都要把工作完成給她看，另一半則是因為這個單調的作業稍微開始有趣一點了。

「……怎麼，妳還在這裡啊？」

一個聲音從後面傳來。麻回頭一看，原來是穿著睡衣的紡。

「不就是妳叫我做的嗎！我在完成之前是不會回去的！」

紡沒有回答，她逕自走到身旁的沙發坐下。紡就這麼看著麻幹活，過了一會，她不知道想到什麼，從架子上取出裁縫用具，開始刺繡。

「……妳不必回家嗎？」

「我才沒什麼家咧。我賣面具的收入也沒多少，而且像我這樣的傢伙頂多只能做臨時工。」

「妳爸媽呢？」

「我懂事的時候就沒看過老媽了。老爸是個笨蛋，他跑去找其他『喰種』的麻煩，結果被宰了。」

麻毫不在意地說著自己的過去，她用若無其事的口吻回答之後，紡喃喃低語：「這樣啊……」然後陷入沉默。之後兩人之間又安靜了一會兒，麻不知道為什麼，覺得有點難以喘息，於是她抬起頭，剛好瞄到紡手中一小片的刺繡。

「那是……」

「嗯？喔，妳是說這個嗎？動動手也能防止老人痴呆。」

紡一邊說一邊將手中的東西攤開，是一片縫在方巾上的銀線刺繡。

「哇！好厲害……！」

雖然她覺得很不甘心，自己竟然對紡做出的東西感動不已，可是她依然無法壓抑住一湧而上的情緒。一朵朵盛開的鮮花，向四周蔓延開來的葉子，還有以美麗的曲線將花葉圍繞起來的藤蔓。麻回想起從警察手上拿到的照片，那幅縫在面具上頭的刺繡。

「……那副面具，確實是妳做的沒錯……」

到現在她才終於有了實感。

「沒什麼，我本來就是做禮服的師傅，不過面具主要都是常客在訂做就是了。」

既然如此，應該只有固定少數人能拿到紡製作的面具吧。

「……欸，婆婆，警察為什麼會有那副面具的照片？」

此時，麻在意起事情的開端。

「詩哥好像也很擔心妳……那個面具有什麼問題嗎？」

紡將刺繡放在膝蓋上，彷彿在看遠處似的瞇起眼睛。以往肯定會耐不住性子大吵大鬧的麻，現在也沉住氣等她回答。

「……那副面具，是某個富豪拜託我做的東西。」

過了一會兒，紡開始緩緩訴說起來。

「那位富豪是替『喰種』做面具。」

「如果那是『喰種』的面具，為什麼會是警察展開行動？一般來說應該是喰種搜查官才對吧？」

紡憂傷地嘆了一口又深又長的氣。

「那位刑警的嗅覺肯定很靈敏。不過以詩的角度來看，他應該是擔心我替『喰種』製作面具的事一旦曝光，我的立場會很危險吧。」

「……啊，對喔。這麼一來妳就成為『喰種』的協力者了吧。」

這下子終於連麻也看清狀況了。

「面具就是『喰種』的隱身衣。要是身為人類的我提供面具給『喰種』的事曝光了，我就會遭到問罪。」

「那不就糟了嗎！如果那個刑警找到妳，妳就會被逮捕吧？」

「反正我只是個風燭殘年的老太婆。就算被逮捕了也不會怎麼樣。」

紡一臉不在乎地回答。她的神情像是看透了一切。見到她這個樣子，麻不由得低下頭。

「……覺悟完全不同啊。」

「……嗯？」

「該怎麼說呢，詩哥有時候也會給我這樣的感覺。」

不管發生什麼事都能坦然接受的度量。無論何時都能保持客觀的視點。

「仔細想想，詩哥也一樣，如果發生什麼事，對方就可能從他的作品找上他。他一直都是在承擔所有風險的前提下，製作那些面具的嗎……」

他們的覺悟，跟從早到晚都在街上擺攤，一發現情況不對勁就能立即逃跑的麻完全不同。擁有自己的店面做生意，簡直就是如同走鋼索般的行為。而詩和紡都一直在過著這樣的生活。

「……怎麼突然變得這麼乖巧了？」

紡不可置信地看著溫順的麻。

「我才沒有變乖巧……」

「妳真是個好懂的孩子。好了，拿這個去擤擤鼻子。」

紡將刺繡完的方巾往麻那裡扔去。

「喂！我才沒有流鼻水！而且就算我流鼻水也不會拿這個來擦好不好！」

「喔喔，很有精神嘛。手上的工作告一段落之後，妳就拿那張沙發當床休息一下吧。明天再把剩下的作業完成，我可不會放水喔。」

紡嘿咻一聲站起身子，往裡頭的房間走去。

「什、什麼嘛，自以為了不起的樣子……」

說歸說，麻還是陶醉地欣賞著紡的刺繡，逸出感慨的嘆息。

「……太厲害了。」

四

自此之後，麻每天都會到紡的洋房拜訪。雖然她自認上門的目的是為了詩，但即便詩不在，她也會默默地坐在客廳幹活。

這裡是郊區，來來往往的人也不多，頂多只聽得見蟲鳴鳥叫。過去只能在日晒雨淋下工作的麻，現在終於可以全神貫注在作業上。以往因為太過急就章而對工作敷衍了事的缺點，或許也在改善當中。

只是，她開始在意起沒有半個訪客上門，也感覺不到有任何家人和朋友的紡。

「嗯？買東西的時間到了？」

「是啊，我今天想吃魚。」

「嗯——」

每當太陽西斜的時候，紡就會開始準備外出。雖然麻也可以留在家裡繼續完成剩下的工作，但是她也漸漸習慣陪著出門，順便轉換一下心情。今天兩人也前往附近的商店街。紡在魚店前站定，思考著晚飯的食材。

「魚那種東西妳還真敢吃啊——」

麻走到對面的雜貨店，打算找找看有沒有能拿來製作面具的材料，但是紡似乎已經買完東西，往下一間店走去。麻見狀連忙打算跟上去，就在此時——

「哎呀，這不是紡師傅嗎！好久不見了。」

麻聽見一個高亢的女聲，於是她停下腳步。定睛一瞧，一個看起來跟紡差不多年紀的老婆婆，帶著女兒跟孫子向紡搭話。

「誰啊？她朋友嗎？」

看來紡也是有人類的朋友。麻不想打擾她們，正打算轉身回到雜貨店。

「妳現在過得怎麼樣？果然還是孤零零的一個人？」

但是，麻感覺到這個聲音似乎飽含惡意，於是停下腳步。

「……是啊，我現在一個人過日子。」

「哎呀呀，都到了這個年紀還孤家寡人肯定很辛苦吧！」

女人用誇張的口吻表示同情，她的臉上浮現滿滿的優越感。

「妳以前真的很漂亮，愛慕妳的人多如過江之鯽呢……不過，當有錢人的情婦，就算能過上奢侈的生活，一樣還是得不到親人嘛。一旦年華老去，被捨棄也是情理中的事。」

女人看著自己的孫子和女兒，傲慢地笑了。

「果然還是平凡人最好。像我這樣在家人的圍繞下生活多好，真想把這份溫暖分妳一點呢。」

聽到這些話，麻不知為何感到怒火中燒，彷彿被譏笑的人是自己一樣。但是，就在她打算走過去揍人的時候突然想到一件事。人類的世界有人類的常識，如果單方面從外側破壞的話，到時候受害的人不是自己（喰種）是紡（人類）。

但是，要她保持沉默，她又覺得不甘心。正當麻煩惱到頭頂都快冒煙的時候，突然之間，她看見自己映在雜貨店櫥窗的樣子。

「啊！」

麻想到一個好主意了。

「……那就先這樣吧，我東西才買到一半，先告辭了。」

那個從頭到尾一個人囉唆個沒完的傢伙，正打算要帶著家人離開。此時，麻壓低聲音喊了一聲：

「紡！」

接著，她用相當親暱的態度跟紡說話。

「原來妳在這裡啊，我都找了妳半天了。怎麼可以把我拋下不管呢，這樣有點過分喔。」

儘管是自己說出口的話，麻還是覺得渾身都起了雞皮疙瘩，紡也很難得地露出愕然的表情。

對方的眼睛睜得大大的，彷彿眼珠子都快掉下來了。麻一把搶過紡手上提的東西，「算我求求妳了，不要老是這麼勉強自己嘛。」她笑著說道。

「等、等、等、等一下，紡師傅，那個年輕男人是……!?」

一切就如同麻所料，那個女人果然誤認自己是男的，並且開口詢問她和紡之間的關係。麻瞬間臉色一變，狠狠瞪著女人說：

「……少隨便對我的紡說三道四，臭老太婆！」

女人聽了眼前頓時一片暈眩，她身旁的家人全都慌了手腳，麻就在一場混亂中摟著紡的肩膀揚長而去。

「……妳剛剛是在做什麼，我都起雞皮疙瘩了。」

離開商店街，到了人煙比較稀少的地方之後，紡便開口說道。麻也放開摟著她肩膀的手，「我也覺得很噁心好不好！」她大喊。尷尬的沉默瞬間降臨，不過麻立刻又提起剛才的話題。

「……什麼嘛，原來妳以前當過情婦啊？妳這個老太婆還真有一套。」

「老太婆也有年輕的時候啊。」

「這麼說也對啦。」麻回答。不過很難想像她年輕的樣子就是了。

「妳以前是去當誰的情婦啊？老頭子？」

「……不，對方比我年輕。不過他現在也是個老頭子了。我已經有好一陣子沒見過他囉。」

「咦？難不成妳現在也是他的情婦？」

「別說傻話了。」紡嘆了一口氣。

「那都是年輕時候的事了。我們現在就像朋友一樣，一年頂多就見一次面。不過話說回來，最近怎麼老發生一些讓我想起那個男人的事，真是的。」

紡的表情黯淡下來，麻不由得也閉上嘴。不過，紡很快就恢復平常的樣子，「先把東西還給我，妳受不了食物的味道吧？」她伸出布滿皺紋的手。

「沒差啦，這種程度而已。」

麻沒好氣地回答。「是嗎？」紡說。接著，她好像想起什麼似的，抬頭看著麻。

「……不過啊，」

「嗯？怎樣？」

「妳剛才出現的時候，那個女人嚇破膽的表情真是傑作。」

「就是啊！」看到噗哧一笑的紡，麻也笑了起來。

當天晚上，就在紡用餐完畢的時候，門口響起敲門的聲音。「是詩哥！」麻察覺到詩的氣息，歡天喜地跳起來，立刻一個箭步衝去玄關。但是門一打開，站在外頭的卻不只詩一個人。

「……四、四方先生。」

站在詩身旁的，是目前擔任芳村左右手的四方。他輕輕瞥了麻一眼，就把視線轉向屋內。

「……芳村那個老傢伙還真是愛管閒事。」

或許是麻困惑的聲音讓人起疑，於是紡走了出來。說起來，紡還是「安定區」的常客。

四方直截了當地向紡說明情況。

「……內海勇次郎因病倒下，現在住進了8區的醫院……已經沒剩多少時間了。」

內海勇次郎。這是麻第一次聽到這個名字。紡聽了這個消息之後，蹙著眉頭低下頭。

「……我早料到是這樣。那小春呢？」

「……」

「……這樣啊。」

雖然四方沒有回答，但紡似乎已經了解所有的狀況了。

「婆、婆婆？」

「……不好意思，我今天手痛想休息了，妳也早點回去吧。」

紡的聲音聽起來沒有任何起伏，說完便逕自消失在寢室。她的背影看起來比平常還要孱弱。

「請、請問，四方先生，究竟發生什麼事……」

麻望向四方，希望他能給個答案，但是他一副事情已經辦完的樣子，轉身就離開了。當場只剩下麻和詩兩個人。

「詩哥……」

詩靜靜地微笑。

「回去吧。」

得不到想要的答案，麻比自己想像中還要失落，她不由得頹下肩膀。「對了。」詩又開口補充。

「紡師傅說不定會想把事情告訴妳喔。」

「婆婆……會想告訴我……？」

「嗯。」

可是看起來完全不像啊。麻回頭望向紡消失身影的寢室。

當天晚上，麻並沒有離開這棟洋房，她一邊看著紡送的方巾，一邊持續手上的作業。當初剛來的時候縫得亂七八糟的針腳，現在也成了漂亮的一直線。

「……」

但是，明明是個最適合工作的寧靜夜晚，她的集中力卻動不動就中斷。每次一停下來，她就會凝視著紡的寢室。

五

翌日下午，昨晚不知何時睡著的麻終於醒過來，詩和紡已經在旁邊了。她立刻一鼓作氣爬起來。

「哎呀，妳醒了嗎？」

「呃、是啊……」

紡的聲音跟平常一樣，麻有點尷尬地點點頭。「準備出門吧。」紡說道。

「咦？現在去買東西不會太早了嗎？」

「今天要去稍微遠一點的地方。」

「出遠門？」

麻偏著頭。「是啊。」紡頷首。

「我要去見個老朋友。」

接著，三人便搭上地下鐵，轉了幾趟車之後終抵達8區的醫院。麻的腦中浮現四方昨晚說的話。內海勇次郎。這個男人就住在8區的醫院。

「我的外表比較醒目……所以我就待在這裡等妳們吧。」

在進入醫院的自動門之前，詩停下腳步說道。

「咦？那我是不是也待在這裡等比較好？」

麻的外表儘管不像詩那麼顯眼，但依舊引人注目，她不禁有些躊躇。「妳跟我一起進去，不過要先把臉遮起來。」紡說。於是麻將兜帽壓得嚴實，跟著她進入醫院。

「就是這裡……」

紡帶她來到一間個人病房。入口掛著一張寫著「內海勇次郎」名牌。進了病房之後，一個七十多歲的男人正沉睡著。男人的身體插滿了點滴的管子和醫療器具。看到他的樣子，紡的臉上浮現至今從未顯露過的沉痛神情。

「婆、婆婆，這傢伙難不成就是……」

「……嗯，他就是以前收我做情婦的男人。照片上的面具也是受他之託才做的。」

「咦？那麼，這傢伙是『喰種』嗎？」

可是，麻從來沒聽過「喰種」可以接受人類的醫療。「不，他是人類。」紡一口否定。

「不過，他可能也跟『喰種』沒兩樣吧。」

「咦？什麼意思……？」

「……」

紡伸出皺紋遍布的手，輕輕撫著勇次郎的臉頰，見他沒有任何反應，紡深深地閉上雙眼。

「……這傢伙一直都在吃人。」

麻屏住呼吸。

「……咦？人類……吃人類……？」

「嗯……應該說是人肉愛好者嗎……因此，這傢伙飼養了『喰種』。」

一句接著一句讓人難以理解的話。搞不清楚狀況的麻不禁抱頭苦思。紡繼續說：

「他命令『喰種』去綁架年輕女孩，並且將她們解體。而且，他早已盤算好了，如果有一天他吃人的惡行面臨曝光，他就將一切的責任全都推給飼養的『喰種』，自己逍遙法外。」

一連串無法理解的事情讓麻的頭開始痛了起來，就在此時，她突然想起面具的事。

「這麼說，妳之前是為了這傢伙飼養的『喰種』而製造面具？」

紡肯定地點頭。

「……我當初迷上這傢伙的放蕩不羈，二話不說就答應幫忙。不過，他所飼養的『喰種』似乎被搜查官殺了，因此面具也跟著流出來。」

所以照片才會到了那個刑警手上嗎？麻終於理解了。

「只是，我一直覺得這種事不可能隱瞞太久，總有一天會浮出檯面，但是照現在的情況看來，這傢伙可能在罪行受到制裁之前，就這麼離開人世了……」

已經失去意識的勇次郎。連麻都知道，他大概會繼續昏迷下去，然後就這麼撒手人寰。

紡收回放在勇次郎臉上的手，喃喃低語著：

「應該受到制裁才對……」

之後，她們沒有在病房待太久，很快走出去跟坐在長椅上的詩會合。三人一起前往車站，但是詩好像突然發現到什麼，又轉身往醫院走去。

「你不必在意，詩。」

紡好像在勸說什麼似的。

「……詩哥，發生什麼事了嗎？」

「……嗯……」

「什麼事也沒有。」詩回答。但是，一股莫名的不安讓麻的心躁動不已。

回到20區的時候，太陽已經下山，四周漸漸暗了下來。麻和紡已經和詩分頭，路上只剩她們兩個人。

「……關於今天告訴妳的那些事，」

快要到家的時候，紡不經意地開口。

「要不要說出去，都由妳自己判斷。」

她應該是指勇次郎的事吧。

「……我才不會到處亂講。」

「我沒有在擔心那種事。」

麻聽了這句話，不知道為什麼，就像腳被縫在地上一樣動彈不得，她望著紡的背影，老婆婆瘦小的身軀。她究竟希望麻怎麼做？

但是，就在此時，麻感受到一股不祥的風。

「……!?」

突然之間，她感覺到一股從天而降的尖銳氣息。麻反射性地抬頭一看，眼前是四片像飛蟲般伸展的羽翅。接下來，她看見男人的影子，然後是面具。

那副面具看起來很像是勇次郎請紡製造的東西。但現在不是思考那種事的時候，男人的羽翅——羽赫彷彿要捲起狂風似的搖動起來。

「……婆婆！危險——!!」

子彈如雨點般紛紛落下。麻將手伸向走在她前方的紡。但是，羽赫的赫子貫穿了麻伸出去的手，還有她的身體。

「哇……!!」

就在麻快摔到水泥地上的時候，她看見比自己傷得更嚴重的紡，逐漸倒下的身影。

「……婆婆——!!」

麻用負傷的右手往地上一搥，撐起身子想往紡那裡跑去。但是，發動襲擊的面具「喰種」已經站在她面前。

「王八蛋!!」

麻用力咬緊臼齒蓄力。蓄積起來的力量尋求解放，瞬間破體而出。赫子上頭刻著

像鱗片般的模樣，是鱗赫。

「別開玩笑了!!」

麻一個轉身，藉著衝勢攻擊面具「喰種」。但是面具「喰種」輕輕一躍，躲開了她的攻擊。令人不甘心的是，對方確實很有一套。她現在只能集中全副精神幹掉這個「喰種」。

「……唔！」

麻的眼中閃過紡的身影。地上的血跡逐漸擴散。她一時心慌意亂，分散了注意力。

「還在東張西望？」

對方不可能會錯過這個破綻。男人瞬間衝上前，在極短的距離下對麻發動攻擊。

「哇啊……！」

麻的腹部受到一記重踢，她的身體就這麼飛出去撞上路旁的電線桿。男人往蹲在地上爬不起身的麻臉上踹去，狠狠蹂躪著不支倒地的她。

「你這王八蛋是誰……為什麼會戴著婆婆做的面具……」

麻的眼裡映著一副刺繡的面具。戴著紡的面具的「喰種」不是死了嗎？

「妳不知道我這裡的情況嗎？哼，無所謂……走了一個金主，我現在正煩到不行，乾脆直接宰了妳——」

但是就在這個時候，男人好像突然察覺到什麼似的跳離麻的身邊。她正感到疑惑，路的另一頭，有一個男人從黑暗中現身。

「……我希望你別這麼做。」

是原本應該已經分道揚鑣的詩。

「詩哥……！」

「……4區的詩嗎……嘖，對我不利。」

由於強敵的出現，男人一邊拉開距離，一邊往紡那裡看去。紡倒在地上一動也不動。

「也罷，反正我的目的也達到了。多留無益，再會啦！」

男人說完就往地上一蹬，火速逃離。平常的她應該會追上去還以顏色，但現在不是討公道的時候。

「婆婆！」

麻立刻直衝到紡身邊。紡的身上處處都是傷痕，不斷冒出血泉。雖然麻用兩手壓住傷口試圖止血，但也只是將她的手染上一片紅，毫無意義。身為「喰種」的麻身體已經漸漸開始癒合，紡的性命卻逐漸凋零。

「對、對了，醫院……」

只要到那個地方就能接受治療。麻打算把紡帶去醫院。

此時，紡吃力地發出嘶啞的聲音。

「……別說……蠢話了……」

「婆婆！」

「妳要怎麼向醫院說明啊……我全身上下都是奇妙的彈孔……就算是醫生……也會察覺這是『喰種』留下的傷痕……」

「那又怎麼樣！妳確實是被『喰種』攻擊啊！」

「這麼一來……喰種搜查官就會聞風而至吧……如果他們調查我……就會發現妳的存在……最糟的情況下……妳還可能會被殺……」

紡劇烈地咳嗽著，大量的血液從她口中湧出。過去不知道殺了多少人，早就見慣血肉橫飛的麻，現在看見紡身上流出的血卻害怕得直發抖。

「反正也救不活了……其實這也是……我所期望的『結局』……」

「妳期望的『結局』……？」

紡瞇起眼睛，抬頭望向夜空。

「勇次郎養了兩個『喰種』……一個負責擄人、一個負責解體……死掉的是擄人那一個……剛才出現的是負責解體的傢伙……」

「居然養了兩個！可是，對方為什麼要對妳下手……！」

「那傢伙從以前就很怕我會把一切都抖出來。原本勇次郎還在的時候，他還能夠安分一點，但是現在勇次郎也只剩一口氣……所以他終於採取行動了……」

紡現在或許連說話都很困難，她靠著肩膀艱難地喘息。痛苦的模樣讓麻的胸口一陣疼痛。

「妳為什麼不早講啊！這麼一來我們不是可以提早做準備嗎！妳也就不會遇上這種事了！」

紡聽見麻的嘶喊聲，瞇起了雙眼。

「我只是……為我走過的人生負起責任罷了……」

「婆婆……」

「這樣就夠了……」

病房中，紡曾低語著應該受到制裁。她當時意指的對象或許並不只是勇次郎一個，也在說她自己吧。

紡的眼皮愈來愈重，眼睛漸漸隱沒在眼瞼下。她正獨自邁向死亡。儘管時間不長，麻與紡一起度過的每一天，就像跑馬燈一樣在她的腦中掠過。

「……我不要……」

種種回憶讓她胸口發熱。

「不要死啊！婆婆！我很開心啊！跟妳一起過日子，我真的很開心！」

紡是個人類，而且又是老太婆。換成以前的自己絕對不會對她有任何興趣。但是麻現在卻悲傷到幾乎無法呼吸。

「妳做的面具很棒……刺繡也很美……！一開始雖然對妳很不爽……可是……不知不覺當中我也開始樂在其中……」

眼淚一串串從麻的眼中掉下來。

「很溫暖……可是有時候……胸口又會覺得疼痛……嗚……我現在也好痛苦……嗚……不要死啊！婆婆！妳不要死掉……！再教我更多事吧……!!」

麻撕心裂肺地哭喊著，詩也靜靜閉上眼睛。突然，有個溫暖的東西碰到麻的臉頰。她一看，紡用手掌貼著她的臉，為她拭去淚水。

「……妳這不是很乖巧嗎……」

說著說著，紡的眼眶也被淚水濡溼。

「工作不能隨便敷衍了事喔，麻……」

紡輕輕地笑了，她那皺紋滿布的臉，紋路變得更加深刻。

然後，她的手就這麼滑落了。

「……婆婆！」

麻不敢相信地看著紡，但是她已經一動也不動，沒有回應。

「婆婆……！」

麻緊緊抱住她的屍體，再也抑止不住地尖聲呼喊。

「紡婆婆——!!」

「……詩哥，你打從一開始就知道全部的事情了嗎……？」

回到紡的家，麻將紡身上的血跡擦拭乾淨，讓她躺在床上。麻看著她逝去的容顏，用乾涸的聲音詢問詩。

「你也知道對方想對婆婆下手……如果我有察覺這件事的話……婆婆是不是就不會死了……？」

詩搖頭否認。然後，他看了看麻，又看了看紡，靜靜地低喃：

「我只是想看看紡師傅的刺繡罷了……還有，」

「還有……？」

「我覺得妳和她應該很合得來……」

麻聽了猛然回頭。

「所以我想讓妳們認識一下。」

麻瞪圓了雙眼。然後，她緊咬著脣，望著詩。

儘管失去紡讓她悔恨不已；儘管紡的死亡讓她悲傷；儘管對方是「人類」，自己是「喰種」。

——……能夠認識她真是太好了。

麻打從心底這麼想。

六

在紡過世數日之後，麻來到8區警察署前面。她靠在路燈上等了一會兒，有個男人從警署裡頭跑出來。

現身的人是刑警守峰。是麻約他出來的。

「……我沒找到面具的製作者。雖然去問過相關業界的人了，可是大家都沒有頭緒。」

麻臉不紅氣不喘地說謊。

「這樣啊……不過妳還是特地幫我調查了，謝謝妳的協助。」

守峰立刻慰問她的辛勞。這個男人大概是個好人吧。所以，他應該能替她下達正確的人類判斷。

「不過，我帶了其他情報過來。」

「……其他的情報……？」

麻點了點頭，「你能答應我不做多餘的探究嗎？」她問道。麻的表情很認真，守峰見狀也正色表示：「沒問題。」

「……你在追的案子應該是關於『內海勇次郎』吧？」

驚愕的神情在守峰臉上擴散開來。他很想開口問些什麼，但最後還是吞了進去，只堅定地回應：「沒錯。」所以麻也就繼續說下去。

「內海勇次郎好像是支使『喰種』去綁架女人，然後自己吃那些人的肉。」

其實，她不該跟人類扯上太深的關係。或許將來某一天，這個選擇會成為勒死她的一條索命繩。但是麻已經做好接受一切風險的覺悟了。

「內海勇次郎儘管是個人類，但他也吃人肉。」

守峰不敢置信地壓著自己的額頭。

「……我沒有任何證據，信不信都由你自己決定。」

「不，我相信妳。」意外地，他聽了麻的話之後立即這麼回應。

「託妳的福，這下子所有的事情都串聯起來了……果然是人類幹的好事嘛……」

不過，他好像又注意到另外一件事。

「既然如此，難不成音風……糟糕，我必須快點去阻止才行……！」

按耐不住性子的守峰就要轉身，不過他立刻又回過頭來向麻敬禮：「非常謝謝妳的協助！」

「……我已經知道這麼大的祕密了，把我放著不管沒關係嗎？」

面對守峰太過直率的態度，麻不禁開口詢問。他聽了微微揚起嘴角。

「妳的表情變了呢。」
「……啥……？」
「我前陣子也發生不少事，所以看得出來。妳現在的表情很棒喔。」
「就這樣啦！」守峰輕鬆地丟下這麼一句就離開了。被留下來的麻摸摸自己的臉，喃喃自語：「什麼鬼啊。」
「……不過，這也是理所當然的吧。」
紡死去的那一天，詩這麼說了。
『紡師傅交代過，要把這間房子讓給妳，也要我將妳遷入她的戶籍……這個部分的文件，我會請系璃小姐幫忙處理。』
『這裡原本就是紡師傅的洋裁店。她說，妳要開面具店也好，賣其他東西也罷，有機會再讓這個地方重新開張吧。』
現在，自己的技術還不足以開店。但是總有一天，等到實力更加堅強的時候，她會在那裡開一間自己的店，絕不會做出草率的商品。
繫在手臂上的方巾，上頭有紡的刺繡。她緊緊壓著，抬頭向前。
「好了，回去吧！」
回到處處都留有紡的身影的家。

#003
【撮影】

TOKYO——東京【空白】喰種——GHOUL

一

剪下流動的時間，揭露真相的小小記錄者。

20區車站前，人潮開始退去的晚上十一點。掘千繪饒富興味地重複這句話。

「沒錯，明天在1區那裡舉辦。」

「……偶像祭典？」

她談話的對象是認識的街頭音樂人。「偶像祭典嗎——」掘千繪再次低喃，撫著掛在脖子上的相機。

一頭剪短修齊的黑髮，加上一對總是忙著滴溜溜亂轉的靈活大眼。這個女孩子的本名是掘千繪。雖然外表看起來像在就讀小學高年級，但其實已經是個貨真價實的大學生，一位成年女性。但是，比起大學的生活，她專注於自己的興趣，幾乎沒有到學校上課。

說起她的興趣，只要看看掛在她脖子上的相機就能一目了然，是「攝影」。

她從以前就非常喜歡拍照，不管睡著醒著，滿腦子都只有這件事。雖然個子沒有繼續長高，不過她對攝影的欲望倒是與日俱增，現在也為了拍照四處東奔西走。

就在她回到睽違數日的20區時，恰巧遇見熟人，所以就開口問對方：「有沒有什麼有趣的事？」

「掘千繪小姐總是不按牌理出牌呢。」他笑著，重新將吉他背好之後，說了故事開頭的那句話。

「好像也請了有名的偶像喔。我也會去。」

「育馬，你當上偶像了嗎？」

「不、不對啦！我是去當搬運工。」

他的名字是桃池育馬，是一位將來想成為音樂人，二十歲就來到東京打拚的好青年。他白天在搬運公司工作，晚上則背著好夥伴——吉他在車站前面唱歌。

「這個活動請的好像都是女偶像。不過妳應該對偶像沒什麼興趣吧。」

育馬一邊說著，一邊將粉絲送他的點心遞給掘千繪。

儘管說話的時候還是帶著方言，但育馬也已經逐漸融入東京街頭。這樣的他有個天大的祕密。

「如果你能吃點心好了——」

「別說是點心，要是能吃人類的食物，我就謝天謝地了——……」

他外表看起來只是一位普通的追夢青年，但其實他是「喰種」。不但只能以人類為食，遇上危機的時候，眼睛也會染上一片鮮紅。

不過「喰種」也有各自不同的個性，像他就是個極力想活在人類社會中的溫和派「喰種」，吃的也都是自殺者的屍體，從未殺害過人類。

「對了，月山先生現在還好嗎？」

育馬口中那位名叫「月山」的男人也是「喰種」。

「月山？他正在當跟蹤狂喔。」

「月山先生不管做什麼，我都覺得『如果是他，好像也不意外──』，他就是有這麼不可思議的力量呢……」

只是，月山跟育馬的等級完全不同。

月山習，一位無時無刻都在追求美食，為了達到這個目的不惜使用任何卑劣手段的好戰「喰種」。

他那隨心所欲狩獵人類的姿態，從外人的眼中來看，確實是個百分之百的「喰種」，但是他那異常執拗的性格，在「喰種」之間似乎也被視為異端分子。

月山和掘千繪從高中時代就結下孽緣。起因是掘千繪拍攝到月山的捕食畫面。她從同校同年級的月山身上嗅到獨家新聞的味道，暗地裡跟蹤他許久，才終於拍到他的照片。

被拍下照片的月山，一開始本來想殺了掘千繪，但是當他看見無論何時都一心不亂，專心致志於拍照的掘千繪，似乎對她產生了興趣。自此之後，儘管他們並沒有特別想進行什麼交流，但還是繼續維持這段關係。

這位特立獨行的月山，最近將全副精神都集中在某個獵物上。

「聽說他找到一個非常美味的獵物，但總是找不到機會下手。」

「咦——……被月山先生盯上的人也很辛苦呢。」

「是啊——」掘千繪咬著育馬送給她的點心表示同意。她接著說：

「話說回來，育馬，偶像祭典是在明天舉行沒錯吧？」

「喔，對呀。咦？妳要去嗎？」

他大概沒想到掘千繪會對偶像祭典有興趣吧。育馬一臉稀奇地看著掘千繪，她指了指相機。

「我覺得可以拍到有趣的照片！」

育馬聽了，臉頰不由得抽動起來。

「掘千繪小姐的『有趣』，聽起來總覺得讓人害怕啊……」

二

到了育馬所說的偶像祭典當天，會場被一股異樣的熱氣包圍。廣場上到處都是販賣偶像周邊商品的店鋪，露天舞台前面已經擠滿了人山人海的觀眾。

「唔喔喔！看不見！」

難得來到這個地方，掘千繪本來想見見那些偶像們，但是男粉絲組成的人牆又高又厚，個子嬌小的她根本擠不進去。如果想要拍照的話，難度又更高了。

「我想想……好！」

掘千繪環顧整個會場，最後將目光聚焦在比較偏遠的一棵大樹上。她在樹下繞了繞，觀察一下子，便往樹根一蹬，攀著樹瘤向上爬。才一會兒功夫，掘千繪就已經爬到一根粗壯的樹枝上，終於能坐下來好好操作相機了。將鏡頭拉近之後，就能看見穿著華麗的服裝，載歌載舞的偶像們。有的偶像穿著粉色系的可愛衣服，也有偶像走搞笑路線，內容豐富到超乎她的意料。掘千繪隨意地按著快門。

「嗯——大概就這樣了吧。」

她確認著自己拍下的照片，此時歡呼聲漸漸變得稀稀落落。看來到了中間，似乎就開始換那些尚未在電視上露臉、知名度比較低的偶像上台表演。

「……喔？」

其中，有個看起來比較成熟的女性站上舞台。

「接下來是女大學生偶像，三葉妹妹——！」

那樣子的女生也能當偶像？掘千繪疑惑地再次舉起相機。音樂隨著主持人的介紹同步播放，那位名叫三葉的偶像開始唱起歌來。

「咦——……」

蛋糕裙加上蝴蝶結髮箍，她的外表看起來確實是個偶像，聲音也十分清澈，穿透力很強。但是，她卻時不時露出與明快曲風不搭調的悲傷表情。

她上場的時間很短，一下子就唱完了。歌曲一結束，她就向觀眾一鞠躬，像逃命似的消失在後台。就在此時，

「喂！小朋友！爬那麼高很危險！」

掘千繪剛才在爬樹的時候被會場的警衛發現，對方正朝著她怒吼。她一溜煙地滑下大樹，往舞台那裡奔去。

「喂、喂！」

警衛大概想再對她多念幾句，出聲制止，不過舞台前面的群眾就是最好的保護傘。掘千繪悠悠哉哉地確認成果。

「喔——……」

相機上顯示的是剛才那位偶像——三葉的照片。儘管被賦予「偶像」這個閃閃發亮的稱號，但是她臉上的表情呆滯，眼神空洞。嘴唇像在呼喚什麼人似的微微開啟，汩汩地滲出悲傷。

「好像有什麼內情。」

掘千繪從偶像祭典的會場擠出來之後，走進附近的咖啡廳，將相機中檔案移到原本放在背包中的筆記型電腦。她一邊品嘗上頭浮著一層厚厚鮮奶油的可可亞，一邊用大螢幕確認那位偶像——三葉的照片。

根據她從網路上調查出來的情報，三葉今年十九歲。缺乏自我主張，個性老實，似乎連不少粉絲都覺得不可思議，不知道她為什麼會成為偶像。

「感覺似乎很有趣呢——」

掘千繪邊想著，邊確認今天拍的其他照片，此時入口的門鈴響起，好像有客人進來了。

一股奇妙的直覺讓掘千繪抬起頭。

「啊。」

她的預感猜中了，走進門的是美食家「喰種」月山習。對方也立即察覺到掘千繪的存在。

「……Oddio（嚇我一跳）！」

他伸出右手，放在額頭上，身體輕輕往後仰，喊了起來。一瞬間，周圍的視線全都往這裡聚集。這傢伙一刻不引人注目就會受不了吧。一想到如此顯眼的他竟然沒有被〈CCG〉逮捕，而且還每天過得逍遙快活，掘千繪就覺得〈CCG〉雖然號稱是專家，但也並非滴水不漏。

「掘啊！妳在這裡等我嗎!?」

「不，沒那回事。」

月山一副理所當然的樣子往掘千繪對面一坐。「不然妳在這裡做什麼？」他問道。

「整理照片。」

「哈哈，妳還是老樣子，是個拍照狂！Little insect（小昆蟲）！妳拍了些什麼？給我看看。」

月山優雅地向掘千繪伸出手心，她把筆電重重往他手上一放。月山一時大意，電腦的重量讓他的手往桌上一沉。

「oh……真是的，妳還是這麼粗手粗腳。」

月山的表情絲毫未變，他就這麼維持一隻手捧著筆電的姿勢，另一隻手像在彈鋼琴似的敲打著鍵盤。

「這些照片還真不符合妳的風格。」

他大概沒想到掘千繪會去拍時下流行的偶像吧。月山的指尖規律地敲著鍵盤，欣賞一張張的照片。

但是，他的手指突然在某一張照片前面停下了。

「……嗯？」

畫面上出現的是三葉的照片。

「從下顎到喉嚨那條彷彿是希臘雕刻一般的優美弧線，融入悲哀的雞尾酒色雙瞳……是個相當不錯的拍照對象嘛。」

「她的名字好像叫做三葉。」

掘千繪從月山手上拿回筆電，望著她的照片說道。

「我覺得她可以讓我拍到更棒的照片——」

月山喝了口店員端來的

咖啡，用鼻子哼了一聲。
「對了，掘啊，我現在也有沉迷的對象呢。」
「你是說金木吧。」
金木研。好像是之前在20區的咖啡廳「安定區」打工的「喰種」。月山前陣子為了吃掉他，成天追在他的屁股後面跑，不過目前他們兩個是一起行動的同伴。
話雖如此，金木對待他的態度跟其他夥伴不同，不但缺乏信賴，似乎還排擠他的樣子。不過要是會因為這點小事就消沉，他就不是月山了。
「沒想我與金木共同編織的故事，居然轟動到連妳都聽說了！」
月山高高舉起右手。
「……自從跟他一起行動開始，每天都充滿了Spicy & Spicy……妳也感受到了吧？我身上散發出前所未見的耀眼光芒……！」
「如果你的意思是指金木的錢包，你確實閃閃發光呢。」
「Non。財富也是力量的一部分。如果能得到跟金木相處的時間，那點小錢算什麼！唯有濃到化不開的相處才能加深我倆之間的信賴關係……」
「你好像那種向酒店小姐進貢的老頭子。」
月山大概盤算著將來得到信賴的那一天就要用劍刺穿金木，舔舐滴落下來的鮮血吧。不過他應該一輩子都得不到金木的信賴就是了。掘千繪悠悠地想著。

「啊，對了。」

掘千繪突然想到一件事。

「月山，你最近『用餐』的情況如何？」

金木現在好像在尋找什麼東西，因此在各區輾轉徘徊。這麼一來，月山就得跟著他四處移動吧，以往對食物講究再講究的他，如今不得不凡事以金木為優先，那麼他要怎麼處理用餐的問題呢？掘千繪有點在意。

「隨便吃吃囉。」月山聽了乾脆地回答。

「自從發現金木之後，所有的食物看起來都粗糙得很。金木就是如此高級……」

月山原本還想繼續針對金木的事長篇大論下去，不過掘千繪揚起了聲音：「什麼——？」

「自稱『美食家』的你竟然靠垃圾食物來果腹嗎？」

掘千繪用夾雜著訝異的眼神看著月山。這句話讓月山臉上浮現彷彿被雷打到的表情，他猛然站了起來。

「……Pardon me（妳說什麼）？」

「我知道你的目標是金木，不過你從以前開始，無論在什麼情況下都不會對食物馬虎。人都會變啊……」

不過月山是「喰種」就是了。掘千繪將筆電收進背包，站起身來。她正打算拍拍屁股離開，把帳單留給月山。

「妳給我站住!!」

月山伸長右手擋住掘千繪的去路。他眉頭皺得死緊，臉上浮現誇張的痛苦表情，從牙縫中擠出聲音。

「掘啊……妳那番話……在我那顆彷彿生乳酪蛋糕一樣甜美絲滑、異常纖細的心上狠狠地刨了下去……」

「你又沒吃過生乳酪蛋糕。」

月山完全沒在聽掘千繪講話，他懺悔似的說道：

「掘啊，妳說得沒錯。無論何時都應該追求美食，為此而生的美食求道者月山習竟然甘於粗食，這是絕對不可原諒的事……只要嘗過一次金木的滋味，其他的食物都如此平淡無奇……但是——」

月山以雷霆萬鈞之勢指著掘千繪。

「就算無法滿足我的味覺，至少外觀也要美麗動人……！剛才那位悲哀的歌姬，我決定要收下了！」

「……咦？」

這個時候，掘千繪終於有點反應了。月山的意思是要吃掉三葉。

「不可以啦，我還要拍她的照片！」

「我剛剛看到照片的時候，很久沒有像這樣食指大動了！當然，她還不至於像金木那樣讓我垂涎，不過她那對雞尾酒似的眼瞳撩起了我的食欲。雖然對妳不好意思，不過這次就讓給我吧。」

月山高昂地大笑著。掘千繪忍氣吞聲地沉默了一會兒，突然拿起剛才沒喝完的超濃可可亞，想也不想就往月山的頭上倒下去。接著，她便飛也似地離開咖啡廳。

「掘!!妳知道我花了多久時間弄造型嗎!!」

依照月山的個性，他一定會先回家洗個澡吧。掘千繪重新背好上下搖晃的背包，取出她的智慧型手機，開始搜尋三葉的資料。她一定得比月山先找到三葉才行。

三

「就是這裡嗎——」

掘千繪根據「三葉似乎住在經紀公司宿舍」的情報，從三葉上傳到部落格的照片、話題以及網路上的目擊情報等等，過濾出宿舍的所在位置，找到了她居住的公寓。

時間已經過了半夜，考量到月山可能會利用他的財力收集情報，三葉目前還安然無事的機率大概是一半一半。

「房間裡的燈還開著。」

掘千繪奔上公寓二樓，按下門鈴。

「來了……？」

裡面傳來「請問是哪位？」的問話聲。確實是她在偶像祭典上聽見的三葉的聲音。看來她似乎還平安無事。但是，以目前的狀況來說，就算月山什麼時候出現也不奇怪。掘千繪把臉湊近門上的貓眼：「我送照片過來！」她說。

「照片……？」

三葉應該一點頭緒都沒有吧。不過，她對外表看起來像個小學生的掘千繪，似乎也沒有萌生強烈的警戒心。她一邊覺得不可思議，一邊打開了門。

「小妹妹，是誰拜託妳送照片來的？」

三葉的打扮跟偶像祭典時完全不同，她穿著七分袖的襯衫加牛仔褲，打扮十分休閒。現在就算她走在路上，也不會有人察覺到她是偶像吧。但是，現在不是研究這種事的時候。

「打擾一下囉！」

掘千繪沒有得到任何允許就從門縫鑽進室內，自背包中拿出味道很重的香水往屋內到處灑。

「咦？咦咦咦!?」

三葉發出疑惑的聲音，眼睛瞪得又圓又大。掘千繪繼續往裡頭走，開始灑下其他種類的香水。

「那、那個……小妹妹，妳在做什麼？」

不同香水的味道混在一起，小套房頓時陷入一股連呼吸都感到困難的惡臭漩渦當中。月山應該會很厭惡這種沒品味的香氣。他要是直接衝進來，八成會無法忍受，非得回去沖澡休息一番才會繼續行動吧。

背後的三葉不知道該怎麼應對眼前的狀況，慌張不已。掘千繪不予理會，只是環顧著三葉的房間。

「我想想……」

她打開窗戶的鎖，將放在桌子上的手機和錢包丟給三葉。三葉手忙腳亂地把東西接住。

「好，走吧……」

此時，掘千繪發現一張裝飾在玄關的照片。這是一張全家福，上頭是年幼的三葉、她的雙親以及一位看似她姊姊的女孩子。掘千繪取下照片：「拿好。」將照片塞給三葉，一把抓住她的手臂向外走。

「小妹妹、那個、等一下、我搞不清楚現在是什麼情形……！」

三葉的腦子混亂不已，不過掘千繪已經感覺到一股讓她有如芒刺在背的空氣。

「噓！」她拉著三葉到電線桿後面躲起來。從暗處窺視三葉的公寓，可以看見有個人正想從窗戶入侵。

「咦？那是……」

三葉似乎也察覺到那個可疑男子。男人打開窗戶，用華麗的姿勢一躍而入，但是立刻就連滾帶爬衝出來，緊緊捏著自己的鼻子。

「臭味炸彈，大成功！」

掘千繪躡手躡腳地走著，以免引起月山的注意，到了十字路口轉彎之後又開始跑了起來。

「小、小妹妹，這是怎麼回事？那個男人是誰!?」

「我叫做掘千繪，比『小妹妹妳』還年長喔。」

「掘千繪……？」

她先向混亂的三葉自我介紹。
「沒錯，提手旁的掘，名字是平假名寫成的千繪。」
「所以是掘千繪……」
「沒錯。」
她們終於走到一條大馬路上。掘千繪奮力舉起右手攔計程車。
「好了，上來吧。」
「等一下，我們要搭車去什麼地方？」
掘千繪只拋出一個提示給搞不清楚狀況的她。
「三葉妹妹，妳已經被剛才那個『喰種』盯上了。」
這句話讓三葉渾身僵硬。
「如果妳不想死就跟我來。」

「……這裡是……？」
下了計程車之後，三葉戰戰兢兢地望著周遭的狀況。
「是喰種收容所附近。」
放眼望去，可以看見前方有一棟被高聳圍牆包圍起來的建築物。無法掌握裡頭有什麼東西。

「這麼說來，這裡是23區……？」

「妳知道？」

「嗯。我以前就住在23區，所以略有所聞。啊，不過我聽說幾個月前，有『喰種』從那個地方越獄了不是嗎？」

她說得沒錯，幾個月前，有好幾隻被關在這棟喰種收容所裡頭的「喰種」逃脫了。受到這件事的影響，23區現在處於特別警戒狀態當中。

「沒錯，根據傳聞，就連窮凶惡極的『喰種』都逃走了。」

「咦？等一下，掘千繪小姐，照妳這麼說來，這一帶不是很危險嗎……？」

越獄的凶惡「喰種」也許就在身邊，這股不安讓三葉手足無措地窺伺著四周。

「沒事沒事。因為越獄事件發生之後，他們派了大量的搜查員到23區，『庫克利亞』周邊的警備也變得異常森嚴。」

掘千繪一邊說，一邊進入附近的某座公園。「嘿咻！」她一屁股坐到長椅上，拍拍旁邊的位子，三葉也乖乖坐下。

「妳剛才說我被那個『喰種』盯上了，這是怎麼一回事……？」

百聞不如一見。掘千繪從背包中拿出筆記型電腦，讓她看自己過去拍到的月山捕食畫面。
「噫……」
三葉的喉嚨因為恐懼而縮緊，臉色發青。
「妳似乎很符合這個『喰種』的喜好，所以才會被他盯上。不過，有一部分也算是我的錯。」
「妳的錯？」
「對。我認識這個『喰種』。他的名字叫做月山。」
「妳認識『喰種』!?這麼說，難道妳也是……」
三葉大概懷疑她跟月山一樣也是「喰種」吧。從眼下的狀況來看，三葉會這麼想也無可厚非。
「雖然我是認識『喰種』，不過我是人類！」
因此掘千繪立刻推翻她的懷疑。三葉輕撫著胸口。
「可是，藏匿『喰種』不是犯法嗎……」
「藏匿？我只是放著不管罷了。」
掘千繪如此回答，在螢幕上點開這次引發事件的照片。
「我把妳在偶像祭典上唱歌的照片給他看，所以才會引起他的興趣。」

看到那張照片，三葉不禁倒抽一口氣。

「我……是用這副表情唱歌的嗎？」

照片似乎呈現出連三葉自己都不知道的一面。她只是呆呆地注視著照片。不過，她很快就回過神來：「掘千繪小姐，妳真會拍照。」三葉說出她的感想。

掘千繪將筆電收進背包，靈巧地跳下長椅。

「如果月山找到妳就會把妳吃掉，所以我覺得妳目前還是先找個地方躲起來比較好。我有個熟人在23區有一棟房子，我們就先在那裡躲一躲吧。」

「可是，掘千繪小姐，既然這件事和『喰種』有關，找〔CCG〕商量是不是比較好？他們應該會救我吧？」

「不可能不可能。」掘千繪否定三葉的話。

「他們也許能藏匿妳一陣子，但是妳不可能一輩子都在〔CCG〕裡頭生活吧？就算是這樣好了，搜查官也不可能二十四小時都守著妳。說到底，月山比一般的搜查官要來得強多了。」

「還有，」掘千繪繼續說下去。

「即便真的有辦法殲滅月山，他家的『喰種』也會來復仇，到最後妳還是一樣會被殺掉。因為月山家比較特殊。」

「照妳這麼說，我不是註定無法得救了……」

她會陷入絕望也是沒辦法的事。被月山盯上，實際上就是這麼可怕。只是，掘千繪也不是空手而來。

「雖然不知道能不能成功，不過我姑且還是想了應對之策。」

終於有了一線希望，三葉抬起頭。

「我覺得還能替妳拍下更棒的照片。」

所以現在絕對不能讓月山吃了她。儘管掘千繪說的話，三葉連一半都無法理解，不過她似乎也感覺到了什麼。三葉站起來：「那就拜託妳了。」向掘千繪一鞠躬。

掘千繪將三葉帶到距離喰種收容所有一段距離的摩天大樓。

「好、好漂亮……」

豪華的裝潢加上金碧輝煌的裝飾品，從窗口望出去就能將街上的夜景盡收眼底。

「總之，我們先暫且躲在這個地方。啊，對了，妳最好先跟經紀公司聯絡一下。大概暫時回不去了吧。」

「啊，嗯，我知道了……」

掘千繪用熟練的動作往地板上一坐，從背包裡拿出筆電啟動。她也順便將點心拿出來，捲起袖子，打開照片資料夾。

「掘千繪小姐，妳在做什麼？」

「嗯——……挑選照片。」

「挑選？」

「我要挑幾張去賣。」

畢竟對手是月山，不可能會有全身而退這麼好康的事。她必須把照片賣給其他人，藉此換取對方的協助。

「對了，」

掘千繪在腦中盤算著今後的流程，一邊想起三葉那張全家福。

「妳的家人是什麼樣的人？」

根據月山的個性，他可能會去接觸三葉的家人，獲取關於她的種種情報。如果只是這樣還好，擁有獨特感性的月山要是突發奇想，打算比較她們一家人吃起來的味道就慘了。

「如果月山去找妳的家人，妳們家可能會有點危險。」

聽了掘千繪的話，三葉垂下眉毛：「這點不必擔心。」她低喃。

「我爸爸已經再婚了，目前住在國外。頂多時不時寄電郵給我而已，他幾乎不曉得我這邊的狀況。」

三葉將全家福放在桌上，雙手抱膝。就算人在國外，只要月山有那個意願，八成也抓得到人，不過他現在還有金木的事要忙，掘千繪不覺得他會費事到那個地步。既然如此，她父親那邊應該不必擔心吧。

「剩下來的兩個人呢？」

掘千繪看著放在桌上的照片問道。三葉將身子縮得更小了：

「……兩個人現在都下落不明。」

她答道。掘千繪停下手邊的作業，看著三葉。

「兩個都是嗎？」

「嗯，兩個都是。」

「一起失蹤的嗎？」

「不，分別失蹤的。」

「我用這種說法，妳應該也聽不懂吧。」三葉苦笑著。「嗯——」掘千繪偏著頭：

「如果方便的話就告訴我吧。」她問道。三葉沉思了一會兒，終於下定決心開始述說。

「我姊姊在高中的時候離家出走。媽媽因為這件事陷入憂愁，一年後就失蹤了……」

三葉那位大她將近十歲的姊姊，從小就希望自己將來能夠成為偶像。

她在家的時候總是穿著可愛的衣服，拿著玩具麥克風高聲歌唱。父親和母親看著這樣的姊姊都會面露微笑地對她說，妳唱得真好聽。

但是隨著姊姊的成長，母親的表情開始凝重起來。

『妳都已經是個高中生了還滿腦子想要成為偶像，到底要做這種愚蠢的夢到什麼時候！』

『什麼叫做愚蠢的夢！我是認真的！』

大考逼近，母親和姊姊每天都為了未來出路的事爭吵不休。姊姊想要從高中休學進入演藝圈，但母親聽了就會高聲斥責，表示絕對不會允許她這麼做。父親採取放任主義，總是假裝沒看見兩個人在爭吵。三葉心裡想為姊姊加油，但是又屈服於媽媽的怒氣，只能保持沉默。

然而，她們之間的爭吵，因為姊姊收到經紀公司給她的名片而一口氣升溫。

那是一個蟬聲擾人的夏日。家裡一如往常傳出母親的怒罵聲和姊姊尖銳的叫喊。母親終於對姊姊動手，打了她一巴掌。

『媽、媽媽，不要這樣！』

看見姊姊倒在地上，三葉也顧不得其他，連忙介入兩人的爭執。但是姊姊一把推開三葉，撫著被打的臉頰站起來。

『我小的時候，妳明明那麼支持我……！媽媽是大笨蛋！』

姊姊扔下這句話之後就草草收拾行李，衝出房間。玄關那裡還傳來甩門的巨響。

『姊、姊姊……』

『不要管她！』

母親喝止打算追出去的三葉，怒氣沖沖地進入廚房。這並不是姊姊第一次奪門而出。母親大概認為，她過一下子就會自己回來了吧。事實上，姊姊確實有去上當天的聲樂訓練課程。

只是，姊姊挨了媽媽一巴掌之後，哭著跑出去的樣子，成了她在三葉眼中最後的模樣。姊姊自此就再也沒有回來過。

這下子換父親和母親成天爭論不休。父親認為這一切都是母親的錯。他自己以往明明都假裝沒看見，現在卻因為思念一去不回的姊姊，每天都在責怪母親。

母親哭了。她手裡握著姊姊的照片流淚。日復一日哭個不停。

接著，在姊姊失蹤一年之後。母親留下『對不起』的字條之後，就跟著消失了。

「……啊～這就是原因吧。」

聽完三葉的敘述，掘千繪覺得自己終於找到答案了。

「所以妳的表情才會那麼悲傷。」

掘千繪再次點開自己幫三葉拍下的照片。

「……如果進了演藝圈，我說不定就能再次見到姊姊。畢竟她那麼想成為偶像，我猜想她應該會進入演藝圈工作吧。而且，如果我出名了，媽媽說不定就會在電視上看到我，所以我才選擇當偶像……可是，另一方面我也覺得，她們兩個是不是已經不在世上了……」

「嗯～原來如此～」

掘千繪雙手抱胸，眼睛滴溜溜四下轉動，一晃一晃地搖擺著身體。接著，她取出紙筆，遞給三葉。

「把全家人的名字都寫下來。」

「咦？」

「我順便幫妳調查看看——」

說不定這件事情會成為一切的關鍵。

過了凌晨三點，三葉應該是累了，她直接就這麼躺在地上休息。

掘千繪一邊挑選照片，一邊反覆在網路上檢索，瀏覽著一篇篇的新聞標題，包括頻繁的竊盜案、在醫院內發生的傷害事件、運動新聞以及經濟資訊。

「嗯……？」

就在她沿著細微的線索調查時，出現一個意想不到的關鍵字。

「……」

掘千繪雖然很想立刻出門確認，但是現在又不能把三葉一個人留在這裡。於是她改為聯絡一個善良的熟人。

「喂？育馬，我有一件事情想麻煩你——……」

四

「……掘千繪小姐，23區真的好恐怖啊——!!」

翌日，育馬兩手提著超市的塑膠袋，一邊發著抖一邊上門。掘千繪拜託他調查事情以及購買一些食物和生活必需品。但是，踏入被劃為特別警戒區域的23區，對身為「喰種」的他而言似乎是種苦行。他現在也慌亂不安地窺視四周。

「得救了，謝啦~結果呢？感覺怎麼樣？」

「妳交代我調查的事情，可能跟妳預料的差不多。」

「嗯～果然是這樣嗎～那麼，接下來可以請你去找這個人嗎？」

掘千繪將寫著流程的紙條交給育馬。

「掘千繪小姐，我真的不太擅長這一類的事喔……？雖然我是『喰種』，但也不過是個普通人……」

育馬用困擾的表情訴苦，表示自己和掘千繪以及月山不一樣。掘千繪回答：「我不會把事情交給一個可能搞砸的人。」

「哇！壓力好大……總之，我會試著努力看看……」

育馬弱弱地低語。「那個女孩子也過得很辛苦吧。」他好像在擔心三葉似地補上這一句。

「畢竟把偶像祭典的事告訴妳的人也是我……」

育馬遙望著遠方，然後便早早告辭離開大廈。這次的事件當中，他可能是唯一覺

得自己有責任的人吧。

多了育馬的協助，掘千繪就能夠從早到晚都窩在23區的大廈裡頭收集情報，不知不覺過了一個星期，演變為持久戰的可能性也浮出檯面。

「嗯——……真花時間啊。」

其實掘千繪為了取得逆轉勝，一直試圖要聯絡某人，但是受到她的立場和對方神經質的影響，事情還是沒什麼進展。

今天也沒收到對方的回覆，太陽就這麼下山了。「唉，沒辦法了。」一直盯著筆電螢幕的掘千繪打算換個心情，開始保養起手上的相機。

「……嗯。」

此時，她聽見小小的歌聲。仔細一聽，是一首以前流行過的偶像歌曲。看來是三葉在唱歌。掘千繪立時往裡頭的房間望去。

「……啊，抱歉，是不是太吵了？」

「不會不會。」掘千繪搖著頭。

「這是妳記憶中的曲子嗎？」

「我姊姊以前常唱這首歌。那時候，爸爸和媽媽都會聽姊姊唱歌，笑著誇獎她唱得真好。」

三葉懷念地瞇起眼睛。

「我想，姊姊當時一定很開心。所以即使後來長大了，她還是隨身把小時候用過的玩具麥克風，放在自己的包包裡……」

但是，這份回憶已經漸漸染上哀傷的色彩。「我也不能老是沉溺在過去的事情裡。」三葉笑著敷衍。

「妳那邊的情況怎麼樣呢？」

「目前沒有進展。要是不趕快換個據點了，說不定會被月山找到。」

掘千繪在腦中檢索著下一個據點，此時對講機突然響起。她往玄關跑去，一開門便看見育馬表情嚴肅地站在那裡。

「掘千繪小姐，我總算是完成任務了。」

育馬用屋裡的三葉聽不見的音量說著，將某張照片遞給掘千繪。掘千繪注視著那張照片，點了點頭。

「……我知道了，不好意思，可以請你也一起進來嗎？」

三葉看見以往總是在門口把事情辦完就立刻回去的育馬，這次竟然進屋了，她不禁瞪圓了雙眼。

「妳好。」

「啊，一直以來承蒙你的幫忙。」

掘千繪沒有把育馬是「喰種」的事告訴三葉。她大概只認為他是一位和氣的好青年吧。只是今天，從掘千繪和育馬散發出來的氣氛來看，事情大概有什麼進展了，三葉的表情也變得堅定。

「三葉妹妹，妳跟我來一下。」

掘千繪率先坐到地板上，育馬也跟著在她旁邊坐下。三葉坐在他們的正對面，看著兩人。

掘千繪單刀直入地說了：

「三葉妹妹，我們找到妳的母親和姊姊了。」

「咦……」突如其來的報告讓三葉聲調上揚。

「媽媽……還有姊姊……」

「嗯。從結論來說，妳姊姊已經去世了。妳媽媽在刺傷某人之後企圖自盡，現在傷勢很嚴重。」

「咦！」

這跟三葉想像中的答案大概相距甚遠吧。茫然的她逐漸消化掘千繪的話之後，身體開始顫抖起來。

「掘、掘千繪小姐，妳就沒有別的說法嗎……」

「即使是這樣，妳還是想知道真相嗎？」

育馬希望掘千繪能體諒三葉，說得委婉一點，但是掘千繪只是直視著三葉，等待她的回覆。

「……我想知道。」

三葉終於用顫抖的聲音回答。

「不管內容是什麼？」

聽了掘千繪的話，三葉不禁屏息。

「不管內容是什麼！」

她點頭。

「嗯，我知道了。」

掘千繪拿出一個星期前要三葉寫下家人名字的字條，遞給她看。

「妳的母親叫做『三葉風音』，姊姊叫做『三葉清音』，沒錯吧？」

三葉肯定地頷首。

「在舉辦偶像祭典的那一天，8區的醫院有一個名為『內海勇次郎』的癌末患者，被他雇用的幫傭太太刺傷。那位幫傭下手後便打算自我了斷。」

掘千繪和三葉剛來到這棟大廈的那天，她無意間看到網路新聞而得知這件事。這位內海勇次郎的養女——內海小春，似乎就是前陣子犯下女高中生失蹤案件的凶手，也是「喰種」。這起事件的開端在十八年前。被擄走的女高中生主要以8區為主，也跨及鄰近的區。三葉以前居住的23區也在8區隔壁。

「刺殺內海勇次郎的幫傭太太自稱是『音風』的樣子。」

三葉的母親叫做風音。倒過來用音讀的方式唸出來就是「音風」。

「多虧了趕到案發現場的刑警，遭到襲擊的內海勇次郎姑且還活著。刑警也當場阻止打算自殺的『風音』，因此她也保住一條性命。主要也是因為案發現場是醫院。育馬替我去聯絡那位刑警。他把事情告訴刑警聽……私底下拿到那位『音風』小姐的照片。」

掘千繪將育馬拿到的照片輕輕遞給三葉。照片中有一個女人躺在床上，三葉看到不禁驚叫出聲。

「媽媽……!!」

雖然她的模樣和掘千繪之前在那張幸福洋溢的全家福上看到的完全不一樣，但三葉十分確定。媽媽！她哭喊著，豆大的眼淚從眼眶中滴落。

「接下來是我的推測，妳母親可能是在尋找妳姊姊的時候，查到內海家。因此，她就去應徵那邊的幫傭進行調查……」

「掘千繪小姐，我要怎麼做才能見到媽媽……!?」

三葉揪著掘千繪的衣服。

「我……我好想見媽媽一面……!」

雖然擺在眼前的現實很沉重，但依然不改她母親還活著的事實。三葉緊抓著掘千繪的衣服，不斷重複泣訴著求求妳、求求妳。

育馬看到這個情況，開口道：

「我把妳的事告訴負責這個案子的刑警之後，對方非常誠懇地跟我討論這件事。照理說是不能這麼做，不過對方還是給了我這張照片，也答應特別通融讓妳去探望。」

「那……」

育馬往掘千繪那裡瞄了一眼，她露出微笑。

「嗯，妳可以去見她。」

她回答。

「育馬，我現在就可以去嗎？」

「呃，我也不知道。不過那位刑警說他很想見妳，所以應該沒問題吧……」

我確認一下。育馬邊說邊拿出手機開始操作，掘千繪瞥了他一點，也開始採取下一個行動。

「三葉妹妹，我們也要順便捨棄這個地方，移動到下一個場所去，所以妳也去準備一下。」

「嗯！」三葉用力拭去眼淚，點點頭站了起來。掘千繪也對著筆電做最後一次確認，但還是沒有收到新郵件。

「只要再加把勁就能成功了說……」

她無可奈何地將筆電收到背包裡，將背包背起來。「掘千繪小姐，我們可以過去了！」育馬比了個ＯＫ的手勢。

「三葉妹妹，妳母親住院的地方在8區。」

「從這裡搭計程車大概要三、四十分鐘吧。」

「我知道了，那就麻煩你們……！」

三葉向掘千繪和育馬低下頭鞠躬。育馬也點點頭，看著掘千繪。

「好，走吧！」

三人一起轉向玄關。

「——大家要手牽手去野餐嗎？務必也要算我一份喔。」

門早已經敞開，有個男人就站在那裡。「糟糕——」掘千繪一看見他就低聲喊了出來。「真的假的……」育馬也頓時臉色大變。此時，站在後方窗戶旁邊的三葉也察覺到有位不請自來的入侵者，大驚失色。肯定是回想起掘千繪給她看的那張照片吧。

就是他，月山習捕食人類時被拍到的照片。

「這就是所謂的踏破鐵鞋無覓處，得來全不費功夫。真沒想到妳會潛入我的別邸……掘！」

月山直接穿著鞋子就走進來，手伸到後頭喀嚓一聲把門鎖上。

「不過，妳選了戒備森嚴的23區是最大的mistake……」

月山像在唱歌劇似的，用誇張的肢體動作敘述著。

「從妳的個性來看，我可以想像，妳會躲在一個我鞭長莫及的地方。既然如此，我必然會想起23區！接下來只要使喚下人去找，不必三兩下就能完事了。」

「講得這麼簡單，還不是現在才來。」

「我的主人忙著尋找『神代』，所以我陪他出門了。這位主子——金木說今天休息，所以我才終於得空過來。」

說完，月山便將視線朝向他的獵物三葉。

「呵呵……悲哀的歌姬，我好想見妳啊。妳還在哭嗎？迷人的雙瞳被淚水濡溼……」

月山的笑意愈來愈深，步步向三葉逼近。

「……育馬，你打得贏月山嗎？」

「不行不行不行！外行人打得贏拳王嗎!?妳的要求就是這麼不合理啊！」

即便如此，他們要是不快想點辦法，三葉就沒命了。

「有如珍珠般的淚滴即將變成血色的紅寶石……光是想像就讓人心癢難耐啊!!」

月山的眼睛隨著這聲叫喊染上一片深紅。令人難以喘息的壓迫感襲來，三葉腳一軟跌坐在地。

「掘啊，我很感謝妳喔……妳替我準備的小考驗，儘管微不足道，但還是讓我食慾大增！」

像蛇一般的赫子爬上月山的右手，進化成刀子的形狀，他是準備切開三葉嗎？

「看來這會是一頓久違的愉快大餐!!」

一般人，不，就連「喰種」都會被這股驚人的氣勢給壓倒，無法動彈。就在這一瞬間——

「……育馬，快跳！」

只有掘千繪還能行動，她朝著育馬厲聲大喊。

「……可惡！」

育馬的眼睛像被喚醒似的轉變成紅色。他一把扛起身旁的掘千繪，往三葉的方向衝過去。接著，他用另一隻手強行將三葉抱起，往窗戶的方向急奔，想要逃離月山。

「……就是這樣我才討厭這邊的圈子（喰種）啊啊啊啊啊啊啊——!!」

震天價響的玻璃破碎聲，從窗戶飛出去的三人無法抵抗重力，直直往下急速掉落。

「呀啊啊啊啊啊啊啊啊啊啊——……!!」

「哇——太厲害了！」

三葉的慘叫聲和掘千繪興奮的聲音交雜在一起。育馬用力抱住他們兩個人，大喊著：

「別咬到舌頭啊！」

赫子撕裂了他肩胛骨一帶的皮膚向外衝，形成螺旋狀包住他的身體，赫子尾部繼續向腳下延伸，呈現彈簧狀。

「嘿！」

赫子緩衝了著地的衝擊。雖然還是會痛，但他們是從大廈的最高層往下跳，從這個角度來看，這點疼痛根本算不了什麼。

「育馬，你真會搬東西啊——」

「因為我在搬運公司打工嘛……呃，現在不是講這個的時候吧！」

這下子，三葉終於也察覺到育馬的身分了。

「育、育馬，難不成你也是……」

「抱歉一直瞞著妳！但我沒有欺騙妳的意思……只是，現在妳還是祈禱我們能順利逃脫吧！」

育馬立刻收起赫子，在夜色下的街道狂奔。但是，月山可不是那種會說「好，請慢走」就放過他們的人。

「別想逃!!」

他也從窗戶華麗地一躍而下。

「育馬，你大概可以撐多久？」

「我現在帶著妳們兩個，而且對手又是月山先生……！如果他拿出真本事來，大概一瞬間就結束了吧。我想他現在應該只是在找樂子……」

掘千繪維持被育馬扛在肩上的姿勢回頭一看，月山正保持一定的距離從後面追上來。他雖然已經收起赫子，但是眼睛依舊燃燒著赤紅的火焰。看到他的樣子，掘千繪感受到的並非恐懼。

「喔喔～讚喔！月山！」

暗夜裡目光如炬、全速奔馳的「喰種」。掘千繪拿起相機，開始渾然忘我地拍了起來。

「欸欸，你看你看，月山只要不講話果然就像一幅畫……」

「掘千繪小姐，可以的話希望妳能集中精神在逃跑這件事上！月山先生很中意妳，也許不會對妳下手，但是三葉妹妹和我已經豎起一根根的死亡之旗啦！」

育馬往地面一蹬，跳到圍牆上，忽上忽下、忽左忽右。拚了命四處逃竄的他忍不住譴責著。

「咦～？真到了緊要關頭，他也不會放過我啊。只要是為了美食，他什麼事都做得出來。如果能得到有價值的東西，他就會毫不猶豫地出賣我，月山那個傢伙就是這樣。」

「哇——我不想聽啊！如果連妳都無法倖免，那我們就更不用說了嘛！」

沒錯，在壓倒性的強者面前，他們的意見就跟廢紙一樣無用。因此弱者才需要拿起武器，只有自己才能運用的武器。

掘千繪拿出智慧型手機，確認收件匣。

「啊！」

螢幕上閃著有一封新進郵件的通知。掘千繪一邊晃動著一邊確認的內容，就是她期待已久的東西。

「很好！成了!!」

掘千繪不加思索地握拳，擺出勝利姿勢。

「育馬，總之先逃離23區！要是被搜查官看到的話，弱小的你肯定是唯一會被宰掉的人。」

「哈哈哈～說來悲哀但確實是這樣沒錯——！要往哪個方向跑？」

「照之前的預定，去8區的醫院！」

「知道了！」

育馬聽完立刻加快速度。月山大概也察覺他們的情況有點不太對勁，表情頓時一變。

「很棒喔～月山……啊，我也好想從別的角度拍一下。」

掘千繪透過相機的取景窗看著月山，啪嚓啪嚓地按下快門。

育馬專挑人煙稀少的場所，跳上屋頂，持續不斷奔馳，即便是他也開始出現疲態了。掘千繪只顧著埋頭跟對方郵件往來，就在這個時候——

「……糟了！」

她聽見育馬焦急的聲音。抬頭一看，月山已經一口氣縮短了他們之間的距離。

「差不多該將軍了吧！」

月山的手臂上再次出現赫子，並且瞄準他們。

「……唔，抱歉！」

育馬將掘千繪和三葉往伸展著細枝的植栽拋過去。他將獲得自由的雙手交叉，打算製造出赫子之盾，但還是沒能趕上月山的動作。

「脆弱！」

「……唔!!」

育馬的身體被月山的赫子彈開，激烈地往樹幹上撞去。樹上的葉子紛紛掉落，在枝頭休息的小鳥一起往天上飛。
「接下……來！」
月山的紅眼捕捉到三葉的動向。育馬好不容易撐著站起來想保護她，但是掘千繪卻表示：「已經可以了，育馬。」她拍拍衣服上的葉子站了起來。
「月山，我再說一遍，我還想拍三葉妹妹的照片。」
掘千繪站在月山正前方，嘗試跟他進行最後的交涉。
「……啊啊……掘，我的友人啊。我們認識也有一段時間了，我能痛切感受到妳的想法。甚至覺得，如果可以的話我也想實現妳的願望。只是……」
月山按住自己胸口，一字一句鏗鏘有力地明言。
「但是我更疼愛我自己!!」
他的眼神絲毫沒有任何猶豫。三葉充滿困惑，育馬的臉不斷抽搐著。「我想也是——」掘千繪的表情倒是一片坦然。
「應該優先考慮的是我的願望，我的美食才對！所以，為了滿足我的空腹，就只能請妳忍耐了……這就是所謂的真理!!」
月山伸出手推開掘千繪。跟「喰種」比起來，人類簡直手無縛雞之力。
「下次我再請妳吃起司蛋糕吧，little mouse！」

但是，掘千繪也有她的武器。

「我現在對蛋糕沒有興趣！」

掘千繪將剛才忙著操作的智慧型手機往月山眼前一推。

「我很了解你喔，月山。」

月山的動作戛然而止。手機螢幕上的文字躍入他的眼簾。這幾個字，對他而言有十分特殊的意義。

——……「金木」。

掘千繪打開金木傳來的郵件。

「找到了。」

咻！空氣中傳來嗚嗚作響的風聲。月山瞬間往後跳，另一個人影翩然落在他原本站著的地方。

雪白的頭髮隨風飄動，眼罩面具深處，可以看見色彩不可思議的眼瞳。月山驚愕地看著那個男人。

「……金、金木！」

站在那裡的人，就是月山現在窮追不捨的金木研。「咦？金木……!?」跟他同樣住在20區的育馬也發出疑惑的聲音。

「你怎麼會……」

「……我接到千繪小姐的聯絡。她願意把我想要的『照片』交給我，不過相對地，希望我能聽聽她的請求。」

「你想要的『照片』……？」

「沒錯。我需要那些手段凶殘，就算被殺也不該有怨言的『喰種』情報，這對我的成長不可或缺。」

月山猛然轉頭看向掘千繪。

「我很愛拍一些有趣的照片，常常不知不覺就拍到『喰種』了——」

她賣了好幾張符合金木需求的「喰種」照片給他。

「我剛才跟其中一個『談過了』，也得到有益的情報……因此做為謝禮，我就來到這裡傾聽千繪小姐的請求。」

金木低頭看著掘千繪，臉上浮現溫柔的笑意。

「有什麼要求請儘管開口。」

她究竟想要求金木什麼？在大家的注視下，掘千繪輕輕笑了。

「今後，如果有用到我的地方，請你通過月山來跟我聯絡！」

這是一個不像能夠打破現狀的提案。每個人聽了都瞪圓了眼睛，金木再次詢問：

「要通過月山先生嗎……？」

「嗯。如果你覺得我對你有用處的話。」

「這當然，我無論如何都希望妳能提供協助……但是為什麼？」

明明只要直接聯絡就能解決的事，為何要刻意讓月山夾在中間？掘千繪把兩隻手放到腦袋後面交握，回答金木的疑問。

「因為這樣我才有辦法拍到『照片』。」

金木聽完，微微偏著頭想了想，很快又露出笑容。「我明白了。」金木點點頭。他似乎也判斷這樣對掘千繪比較方便。

「……月山先生。」

接著，金木轉身背向掘千繪一行人，看著月山。

「雖然我不清楚詳細的狀況，不過千繪小姐現在似乎要去拍照。麻煩你『安全地』送他們到目的地。」

「告辭了。」金木低聲說完之後便消失在暗夜當中。

「……掘啊，妳究竟在盤算什麼？」

在金木的身影完全消失之後，月山皺著眉頭問道。

「如果金木有事拜託我，他就需要你的力量。這就表示，你的存在價值拜我所賜提高了對吧？我又沒有說什麼對你不利的話。」

為了讓三葉逃過一劫，掘千繪做的第一件事就是聯絡金木。因為她認為，如果自己能幫月山獲得金木的歡心，他應該會在三葉的事上讓步。因為今後他就能利用掘千繪，更加接近金木。

月山是個聰明人，應該立即就能判斷，如何選擇對自己才有益處吧。

「……呵呵呵，哈哈哈哈哈！妳還是跟以前一樣很會耍小聰明嘛！嚙齒類!!」

笑了好一陣子之後，月山的眼睛像弦月般瞇起。

「No Bad（還不賴）！」

問題解決了。「啊~累死我了。」掘千繪伸了個大懶腰。接著，她拿起相機，透過取景窗望著金木離開的方向，低語著：

「我大概了解月山為什麼會這麼痴迷了。」

「我就按照主子的吩咐，安全地護送你們過去吧。」月山說道。掘千繪聽了毫不客氣地說：「你不在的時候最安全。」他不禁大笑：「哈哈哈，妳這個傢伙也真是的，

unique！」

「既然如此，我就去找金木，詳細問問他想請妳調查什麼好了！」

語畢，月山便揚長而去。這下子終於能安心了。

與月山分開之後，掘千繪、育馬和三葉終於到達醫院，一位身上染著菸味的刑警正在那裡等著。他一看見三葉便趨前開口問道：

「……這位小姐，請問妳就是三葉琴音嗎？」

「是的。」

「妳姊姊是在九年前失蹤的三葉清音，母親是三葉風音，沒錯吧？」

「你說的沒錯……」

聽見她的回覆，刑警從外套口袋裡拿出某個東西，遞給三葉看。

「這是從妳母親的行李中找到的東西，妳有沒有什麼頭緒？」

刑警手上拿的是一支玩具麥克風。三葉一看，嘴唇不由得顫抖起來。

「那是……那是姊姊從小就非常寶貝的東西……！她總是隨身攜帶，當作是護身符……」

「是嗎……」刑警露出沉痛的表情低喃著。接著，他向醫院相關人員說了幾句話之後就踏入病房。

「……就是這裡。」

他們被帶到最裡面的個人病房。窗簾關著，房裡一片漆黑，不過刑警很快就打開床頭燈。

「……媽媽！」

三葉看見燈光下的女性，立刻揪著她的衣服大喊著。三葉的母親身體狀態應該不太好，依然沉睡著沒有任何反應。刑警開始說明事情經過。

「一個名為內海小春『喰種』奉內海勇次郎的命令，擄走女高中生，她將那些受害者的東西全都完整保留下來。唯有妳姊姊——三葉清音小姐的東西怎麼找也找不到。」

三葉不斷啜泣著，說不定根本聽不見刑警在說什麼，不過刑警還是繼續說下去。

「但是，託妳的福，現在終於知道妳姊姊的遺物是被妳母親拿走了。妳母親總是陪在內海小春身邊，非常照顧她的樣子。可能是在內海家工作期間，不知不覺對她產生情感了吧。」

三葉的哭聲和刑警的說話聲在小小的病房裡交錯著。

「後來，小春發現自己擄走的其中一位女高中生，就是妳母親的女兒，於是，小春將妳姊姊的遺物交給她，並且向她懺悔。妳母親身上帶著大筆逃亡的資金。大概是小春要她逃走所以拿給她的吧。但是，妳母親卻……」

此時，刑警停了下來，他朝著三葉深深低下頭。

「很抱歉，沒能阻止妳母親做傻事。」

聽了刑警的說明，緊緊抓著母親的三葉緩緩抬起臉，輕輕搖了搖頭。

「刑警先生，你救了原本打算自殺的媽媽。所以，我才能再次見到她……光是這樣，我就很開心了……」

三葉將母親的手貼在自己的臉頰上。她的淚水沾溼了母親的手，呼吸輕撫著母親的皮膚。

「……嗯？」

就在這個時候，出現一個微弱到讓人幾乎無法察覺的聲音。每個人都驚訝地睜大眼睛，看著聲音的主人。原本應該在沉睡的母親眼睛睜開一條縫，望向三葉。

「媽媽！」

「……妳……怎麼會在這裡……」

這次她母親清楚地說出一句話，熱淚盈眶。

「媽媽，妳認得嗎？妳還認得出我嗎……？」

三葉用雙手緊握著母親的手問道。「這還用得著說嗎……」母親連連點頭。

「妳是清音啊……！」

清音。這是三葉她姊姊的名字。她母親將三葉和姊姊搞混了。

「不，她是……」

刑警正要出口訂正，三葉立刻回頭制止。「是我。」她微笑著對母親說。

「對不起，讓妳擔心了，媽媽。我已經成為偶像囉。雖然目前一點都不出名，但我已經實現了自己的夢想！所以我回來見妳了，媽媽。」

三葉握著那支玩具麥克風，她的眼中散發著堅強的光輝，向母親問道：

「妳會替我加油嗎？」

母親聽了三葉的話流下眼淚，「我會替妳加油。」她回答。三葉緊緊抱住母親：

「謝謝妳，媽媽。」

母親聽了之後，彷彿打從心底安心似的笑了，然後就再度陷入沉睡當中。三葉聽著規律的呼吸聲，注視著母親，她眼底閃耀著絕不動搖的堅強意志。

她下定決心了。

掘千繪渾身起了雞皮疙瘩。沒錯！她就是在等待這個感覺！這一瞬間！掘千繪悄悄拿起相機。

「從今天開始，我就是『清音』。」

淚水隨著這句宣言滴落。掘千繪按下相機的快門，記錄下最棒的瞬間。

五

「哎呀～還真是一個大案子啊～」

大廈的房間內，掘千繪一邊欣賞照片，一邊回顧這次的事情。筆電螢幕上是三葉流著眼淚的姿態。她為了拍到這張照片可說是費盡苦心啊。

三葉的母親，記憶好像陷入混亂了。她把三葉看作是逝世的姊姊，把三葉本身的存在給忘得一乾二淨。或許是因為太過痛苦，下意識自己竄改了記憶也不一定。

「……真是的，妳還真擅長闖入別人家裡。」

掘千繪一邊操作著電腦，一邊在房裡悠哉休息的時候，一個愕然的聲音在屋裡響起。她回頭一看，月山就站在那裡。畢竟這裡是他家，是她擅自踏入別人的房子。

「不用擔心，等手機充完電之後，我就會馬上走人。」

掘千繪一邊吃著育馬給她的點心，一邊說道。「那我可就傷腦筋了。」月山回答。

「掘啊，我來傳達金木要拜託妳的『事情』。」

金木。那個以絕妙的不平衡感吸引大家目光的男人。掘千繪坐起身子。「是嗎？」她低喃。

「那可得好好幹才行——」

掘千繪想起金木的模樣。
將來有一天，應該也能替他拍下有趣的照片。

#004

傷名

東京【空白】喰種

TOKYO GHOUL

能夠為兩人做的事。

一

喀嚓！開門的聲音響起。在沙發上打盹的雛實立刻彈起來。等待的期間，她想了很多，像是董香一定很寂寞、很難過吧，因為她自己也一樣。該怎麼做才能填補心中的空缺呢？她絞盡腦汁思考著。但只要能陪在董香身邊，應該可以多少幫她解解悶吧。

「董香姊姊！」

雛實用力抱住從房間裡走出來的董香。鑽著鑽著，將她的小臉埋在董香的胸口。董香輕撫著雛實的頭。她抬起臉來一看，董香靜靜地微笑著。

「怎麼了？雛實。」

擔憂的眼神，以及扼殺自己的心情，對雛實表達關懷的表情。

「要玩電動嗎？」董香說著便走進客廳。雛實看著董香的背影，緊緊捏住了自己的衣襬。

二

青桐之戰結束後，儘管所有的人都平安生還，但「安定區」依然瀰漫著一股沉重的氣氛。也許是因為欠缺的「拼圖」對他們來說，實在是太過重要。

「……入見小姐，店長還好嗎……？」

看見入見從「安定區」的店長——芳村的房間走出來，雛實立刻向她詢問芳村的狀況。芳村在救出金木後，為了爭取時間，單槍匹馬和〔ＣＣＧ〕的精銳戰鬥。他受的傷也不輕。

入見沉穩地露出微笑。

「他很慎重看待自己的傷勢，一直都在休息，所以妳不必擔心。」

她回答。

「這樣啊，他很快就會恢復健康了嗎？」

「那當然。再過不了多久，店就能重新開張了。」

「安定區」目前正處於臨時歇業的狀態。店門關得緊緊的，平常營造出悠閒時光的店內也變得冷冷清清。

不過，多虧了在店內留守，特徵是大鼻子的古間，店裡頭的狀態保持得很好，隨時都能再度開始營業。因為「青桐」的襲擊而遭到破壞的房間，雖然目前還在整修當中，但總有一天會恢復原狀吧。

「這麼一來，姊姊她們也會忙碌起來吧。」

雛實不經意的一句話，讓入見的表情浮上一層淡淡的陰霾。

「雛實，董香現在怎麼樣？」

她詢問著。

「就、就……跟平常一樣。」

雛實回答。

當初為了救出被青桐擄走監禁的金木，大家抱著必死的決心挑起與「青桐樹」之間的戰爭。雛實認為，一心仰慕、稱呼為姊姊的董香，她想救出金木的意志比誰都還要堅定。

雖然董香平常對金木的態度總是很不客氣，但其實她比任何人都要擔心他。

就在金木被青桐擄走之後，店長告訴大家，最好有個心理準備，可能再也見不到金木了。雛實還記得當時董香臉色發青，渾身顫抖的模樣。

把金木帶回來，然後再次回到平常的日子。這原本是大家的心願。

雖然雛實沒有能力像董香一樣戰鬥，但她也向入見學習使用五感的訣竅，以支援的身分加入戰爭。就這樣，大家好不容易才成功找到金木——

雛實喜歡的作家「高槻泉」所寫的小說也有這樣的劇情。不知道究竟是哪裡出了差錯，導致感情出現分歧，心意擦肩而過，最後得不到期望的結果。

董香向金木提出一起回到平常生活的要求，但是被他否決了。

——……我不回「安定區」了。

不光只是這樣而已，金木有了想做的事，打算走上自己的道路，但董香想要隨行的心意也遭到否決。

金木就這樣留下董香，自行啟程。

雛實認為，董香一定受到很大的打擊。現在肯定也在痛苦之中。但是，她不會在雛實面前表現出軟弱的一面。而這件事，如今正刺痛著雛實的胸口。

該怎麼做才能激勵董香呢？

雛實走進平常大家聚集在一起討論事情的會客室，玄鳳鸚鵡那隻廢物頻頻叫著「廢物！廢物!!」今天原本是輪到金木餵飼料。雛實將廢物的飼料補滿，替牠換了乾淨的飲水。廢物一頭埋入飼料盒中，吃得滿地都是。

雛實拉了張椅子到廢物旁邊，坐下來看著牠進食，廢物大概是察覺到有人在旁邊，在棲木上左跳跳、右跳跳。

「……大哥哥現在不知道在做什麼……」

雛實擔心的不只是董香，她同樣也擔心拋下大家自行離開的金木。

那一天，雛實雖然還來不及跟金木說句話就跟他分別，但是他遠走的背影看起來透露著寂寞，這幅光景一直留在雛實心裡。

兩個人明明還是像以前一樣重視彼此。為什麼非得承受這樣的悲傷不可呢？

雛實從椅子上站起來，把手指伸進鳥籠的縫隙中。眼力很好的廢物立刻將紅紅的臉頰靠在雛實的指尖上，要求她撫摸。雛實用指甲輕輕搔著，一刻不得閒的廢物立刻享受地安靜下來。雛實心想牠應該滿足了吧？於是就把手從籠子裡抽出來，打算離開房間，此時廢物又開始「廢物！廢物！」聲聲叫喚了起來。「晚點再見喔。」雛實將門關上。廢物又再度開始鳴叫。

雛實輕手輕腳地踏入「安定區」店內。儘管目前還在臨時歇業中，不過店內還是飄散著香醇的咖啡香。每呼吸一次，咖啡的味道彷彿就在刺激著舌頭。

「喔，有位可愛的小客人。」

此時，突然有人對雛實搭話，她的身體不由得震了一下。她本來以為店裡頭應該空無一人，結果古間似乎就在吧檯後面。雛實心想，自己擅自進來店裡應該會挨罵吧？但是古間沒有怪她，繼續著手上的工作。

「古間先生，你在做什麼？」

「我在確認咖啡的器材。必須趁這個時候好好檢查才行。」

古間忙著用熟練的動作將工具拆開來擦拭，補充不夠的物品。雛實往吧檯的椅子一坐，就這麼望著古間。他像是突然想起什麼似的，用剛整理好的器材開始泡咖啡。

店內殘留的咖啡香所無法比擬的濃郁香氣，刺激著雛實的鼻腔。

「請用。」

古間將咖啡倒入杯子，端給坐在吧檯的雛實。

「咦？可以嗎？」

「要是沒有客人的話，這家店也會很寂寞呀。」

聽了古間的話，雛實環顧「安定區」店內。

「店也會覺得寂寞嗎？」

「那當然囉。店是杯子，顧客就是咖啡，少了哪一個都不行喔。平常熱鬧的氣氛很令人懷念對吧？來，趁熱喝。」

在古間的勸慰下，雛實端起杯子就口。

咖啡是她少數能夠不抱著罪惡感吞下肚，並且能夠與人類共享的東西。古間泡的咖啡有種溫柔的味道，每喝一口，就會讓人回想起往日店裡熱鬧的時光，雛實又再次回頭看著店內。

「說起來，金木在開始打工之前也常常來我們這間店光顧喔。」

「咦？大哥哥嗎!?」

「是啊。他好像很喜歡喝我泡的咖啡呢。」

「這樣啊……說不定大哥哥現在也很想喝古間先生泡的咖啡……」

聽見雛實的喃喃自語，古間露出微笑。

「雛實，妳很擔心金木吧。」

「……嗯。」

「我也很擔心他。而且我也覺得現在跟金木在一起的那些人，沒有能力阻止他亂來……不過要是我在的話又不一樣了。」

雛實疑惑地偏著頭，不太了解古間的意思，於是他擺出萬事通的表情解釋：

「現在跟著金木的那些同伴，把金木視為『首領』。他說的話就是絕對真理，大家都願意為了他拚上自己的性命。但是，他們無法斥責金木，或是對他發脾氣。」

「為什麼？大家應該都很喜歡大哥哥吧？」

「這就是『首領』的宿命吧。不管擁有多少同伴，站在頂端的人總是孤獨的。」

古間解釋得更加詳盡給依然偏著頭的雛實聽。

「只要有上下關係，雙方就很難站在對等的立場上。上位者為了避免讓眾人感到不安，不管面對什麼事，他都必須以毅然決然的態度去面對，而下位者就算忍氣吞聲，也要接受首領的一切。」

「是這麼一回事嗎……？」

「沒錯。當他想亂來的時候，董香會想辦法阻止，即便要動手揍他。但是現在那些同伴，大概也只能在一旁默默守護著他吧。」

雛實愈聽愈感到不安。

「大哥哥，不會有事吧……」

「嗯，不過，他們在經歷共同的戰鬥之後也會培養出信賴關係。妳不需要太擔心。」

古間慌慌張張地安撫著。就在這個時候，儘管還在臨時歇業當中，店門依然隨著哐噹噹的聲響打開了。

「不好意思，我們今天休息……」

古間說到一半便打住了。

「原來是錦啊，你不用去大學那邊嗎？」

進門的是「安定區」的員工，和金木上同一所大學的西尾錦。

「今天只有早上的課。」

西尾走向吧檯的位子，「我想看一下班表怎麼排。」

「雖然我覺得近日就能重新開業，不過芳村先生還在養傷，所以我也沒辦法跟你說什麼具體的事情。」

「是嗎……」

聽完古間的說明，錦沉默下來。明明事情已經辦完了，但他卻遲遲沒有回去的意思。雛實才在疑惑，錦就開始煩躁地喃喃叨念著「喔——」「不過那也沒辦法……」。

此時雛實突然想到：

「錦先生，你也在擔心大哥哥的事嗎？」

聽到雛實這麼說，錦整張臉都皺了起來，

「……妳、妳說啥？才沒那回事咧！」

古間一邊賊笑一邊撫著下巴。

「你幹麼擺出一副瞭然的表情啊，古間先生！」

「別生氣，我也泡杯咖啡給你吧。你可以在這裡放鬆一下。」

「我又不需要……」

「好啦好啦。」古間安撫著錦，開始準備泡咖啡。錦一臉不太高興地坐在跟雛實相隔一個位子的地方。

「來，請用。」

「……」

錦大口喝下冒著熱氣的咖啡，逃避似的轉開視線。古間看到他那個樣子，似乎更加愉快了。店內也飄著和樂融融的氣氛。但此時入見出現了。

「方便借用一點時間嗎？」

看來她好像有事情要找古間。

「真遺憾，我本來想跟西尾一起擔憂金木的去向呢。」

「就跟你說不是這樣了！」

錦砰的一聲用力往吧檯拍下去，古間還是笑著消失在店後頭。錦不爽地撐著下巴，喝著他的咖啡。店裡頭一下子只剩下雛實和錦兩個人。店裡頭維持一股奇妙的沉默。

「喂，小鬼頭。」

率先打破沉默的是錦，他的頭依舊扭向另一邊，低聲詢問著。

「妳們家那個不可愛的女人現在怎麼樣？」

「不可愛的女人？」

「董香啦！董香！」

雛實眨眨她的大眼睛，注視著錦的側臉。她純粹的眼光似乎讓錦有些難以承受，他的身子節節往後退，「幹、幹麼啦！」結結巴巴地說著。

「你在擔心董香姊姊吧。」

「啥……!?為什麼會有這種結論啊！」

「可是……」

「我就說不是了……！」

儘管錦拚命地否認，但是他可能也覺得自己面對雛實這樣的孩子，竟然還這麼認真地反駁，實在有點丟臉，他大大地吐了一口氣，然後就閉上嘴。

「……金木那傢伙好像沒有來大學。」

他低低地開口。

「大哥哥沒有去上學嗎？」

「我感覺他連人類社會都要脫離了……」

錦把咖啡杯擱在杯盤上，身體往後仰，抬頭看著天花板。

「那個臭小子以前明明感覺都在找尋『與人類之間恰到好處的距離』，結果一看到難搞的『喰種』就馬上改變目標了。過去那麼重視的『與人類之間恰到好處的距離』，不就等於輕言放棄了嗎！」

他是在說給雛實聽，還是為了確認這件事而說給自己聽呢？

錦把視線拉回咖啡上，抓了抓嘴唇。

「那傢伙還沒有完全理解，我們『喰種』要融入人類社會的難處在哪裡。事實上，只要有一個地方出錯，就會像骨牌一樣全部倒塌……一旦失去，一切就難以挽回。」

那傢伙真是個王八蛋。錦一口氣喝完咖啡，站了起來。

「喂，小鬼頭，喝完之後把杯子給我。」

「咦？喔。」

雛實一口氣將杯子裡剩下的些許咖啡喝完，把杯子交給錦。錦捲起袖子，用熟練的動作開始洗杯子。

「……這裡(安定區)明明也沒什麼不好。」

錦細心地擦拭著洗乾淨的杯子，放回架子上。

「再見啦。」他走出店外。

對雛實來說，她很難完全理解錦說的話。只是，她能感覺到錦現在非常小心翼翼地保護自己的棲身之所。這個契機大概也是金木給予的吧。

夕陽西下，結束學校課業的董香到「安定區」接雛實回家。

「小雛，回家了。」

雖然董香身上處處都是傷口，還沒有完全恢復，不過似乎不會妨礙到上學。

「今天古間先生泡咖啡給我喝呢。」

「喔——……很好喝吧？古間先生泡的咖啡。」

雛實走在董香身邊，向她報告今天發生的大小事。「嗯、嗯。」董香一邊聽著一邊回應著。

「錦先生好像也很擔心大哥哥的事。」

「……但我覺得他不是那種人。」

「沒那回事喔，我們聊了很多關於大哥哥的事。大哥哥好像還沒去大學上課。」

「……」

「大哥哥現在究竟在什麼地方呢……會不會回來看我們？」

雛實一邊思念著金木，一邊抬頭看著董香，發現她好像在忍著什麼似的望向遠方。

（姊姊……）

是不是因為聊起金木的事，讓董香感到悲傷了呢？

「……姊姊，我們牽手吧。」

雛實開朗地說著，想改變話題。「嗯，好啊。」董香伸出她的手。雛實緊握著董香的手，她也用同樣的力道回握。這讓雛實覺得很開心，但不知為何又有點寂寞。

雛實遇到難關的時候，董香比誰都來得關心自己，像個親人一樣陪在自己身邊。但是現在，面對身心都受到創傷、一蹶不振的董香，她卻什麼忙也幫不上。

雛實最喜歡董香和金木了。如果可以的話，她希望自己能成為他們兩人的助力，替他們做點事。可是，對他們而言，她只是個小孩子，不是一個可以依賴的對象吧。

這才是古間所說的「不對等」。

三

距離金木離開，已經過了兩個月。

「安定區」再度開張營業，乍看之下，一切都恢復到原本的日常生活。仔細觀察就會發現，關於金木的話題也漸漸愈來愈少了。這讓雛實覺得有點恐怖。

董香最近會去書店買參考書，和朋友依子一起去圖書館用功。她似乎開始認真準備大學考試了。

雛實也喜歡看書，藉此認識不懂的辭彙和漢字。她也覺得書唸得愈多，對新知的渴求就會愈強烈。

雖然沒有上學的雛實不明白考試多辛苦，但她覺得想要獲取更高深知識的董香很了不起。

只是，董香跟雛實在一起的時候，從來不會埋頭苦讀。如果在圖書館開讀書會也會盡量早點結束，回到家裡來。

雛實覺得，自從董香把心思都放在課業上之後，多少也恢復了一點精神。或許她是靠著立定一個目標，重新振作起來。

但是，董香提起金木的次數也極端減少了。她大概也想隨著時間的流逝，漸漸淡忘金木吧。

「在我下班之前，妳先到裡頭等著。」

「嗯！」

到了董香打工的日子。雛實和她一起前往「安定區」，心情很好地替廢物換上新的飼料。現在，大家也一樣輪流餵食廢物，只是把金木從輪班表中剔除。

被「青桐」破壞的房間也已經整修好了，如果只看外觀的話，跟原本沒兩樣。

雛實不想妨礙到店裡營業，於是找張沙發坐下開始看書。

「啊，這個字……」

雖然中途有遇到筆畫多，比較艱深一點的漢字，不過她很快就知道該怎麼讀了。

——……這個念作「驟雨」。

耳邊彷彿響起金木溫柔的聲音。

「啊。」

同時，雛實聽到一道腳步聲。她立刻抬起頭，闔上書本往走廊飛奔而去。

「……」

站在走廊上的是四方蓮示，他似乎被雛實的行動嚇了一跳。四方低頭看了雛實一眼，打算直接越過她向前走去。

「請、請問……」

雛實鼓起勇氣叫住他。四方再次停步。

「……大哥哥……現在過得還好嗎？」

雛實朝著四方的背影問道。四方用一副無法理解的表情回頭，「為什麼問我？」他問雛實。
「因為我覺得，四方先生應該什麼都知道……」
「……妳太抬舉我了。」
四方直截了當地回答，打算結束對話。
「……可、可是！你知道大哥哥人在哪裡對吧？」
即便如此，雛實還是不肯罷休。
「……妳知道了又能怎麼樣？」
「因為……我很在意。我最喜歡大哥哥了，因為擔心他所以才想打聽他的消息。而且如果董香姊知道大哥哥的情況，說不定也會比較安心……」
雛實垂頭喪氣地低下頭，四方看到她這個樣子，終於回過頭。但是，他依然不發一語。或許他想說些什麼，但最後還是沒有說出口。
「大哥哥想做的事情，到底什麼時候可以完成

呢？等他事情都辦完了之後，會回到這裡來嗎？這麼一來大家——」

——……大家就能再次團聚嗎？

「……」

「我只要待在這裡等他就好了嗎？跟姊姊一起等他就好了？」

四方還是沒有回答。他不打算回答自己任何問題嗎？雛實頹下雙肩，無計可施的她只好轉身準備回房間。

「……就算繼續等……」

「咦？」

四方低聲對著雛實說道。雛實沒料想到他會回答，她驚訝地回頭並期待四方接下去要說的話，但是他什麼也沒說，就這麼離開了。

「『就算繼續等』……？」

下半句是——……『也無濟於事』？

即便跟打完工的董香一起回到家，雛實還是一個人沉思著。四方的話在她的腦海裡不停轉啊轉。

四方一定知道金木的情況。既然如此，如果他要說的是『就算繼續等下去也無濟於事』，那就表示金木回來的可能性很低吧？

「雛實，妳怎麼了？」

雛實雙手抱膝坐在沙發上，一臉難色。董香在她旁邊坐下，深深地看著她的臉。

「我沒事！」雖然雛實這麼回答，董香臉上的擔憂還是沒消失。

「真的嗎？」

「嗯！真的！」

看見董香這麼擔心自己，雛實覺得很開心，有點想哭，於是她緊緊抱住董香的腰。面對雛實撒嬌的舉動，董香苦笑著輕拍她的背。在這樣溫柔的時間當中，雛實的不安一點一滴減少，轉而湧起一股舒適的感覺，她的眼皮漸漸沉重。雛實回想著為了守護自己而死的母親——涼子身上的溫暖，緩緩陷入沉睡當中。

然後，雛實做了個夢。

——……大哥哥？

她夢到金木在非常、非常遙遠的另一端，遠到難以辨認出他的身影。

「大哥哥！」雛實喊著他。但是，由於兩人之間距離太長，她的聲音無法傳達給金木。雖然雛實很想跑過去呼喚他的名字，但是她的腳就像被釘在地上一樣無法動彈。

無計可施的她只能聲嘶力竭地大喊：「大哥哥！」，但是金木卻愈走愈遠。終於，再也看不見金木的身影，雛實一個人被留在原地。

畫面突然切換，眼前突然浮現董香的身影。

——……姊姊。

雛實的身體終於重獲自由，「哥哥他……」她抓住董香的手說著，但儘管兩人如此靠近，董香對雛實的聲音卻完全沒有反應。她只是用哀傷的眼神看著金木消失的方向。不管雛實如何叫喊，甚至粗暴地拉扯董香的手，她還是連看都不看雛實一眼，視線只集中在遠方那一點。

「嗯……」

雛實微微睜開眼睛望向四周，她的腦袋依然一片昏沉沉。雖然燈都還亮著，但雛實身上已經多了一條毛毯。

雛實想翻身，一抬頭就看見董香。看來自己是枕在董香的大腿上睡著了。

「……姊姊？」

董香靠在沙發上，雙眼緊閉。從規律的呼吸聲來看，就知道董香也睡著了。

雛實稍微轉移視線，董香手上有一本攤開的生物參考書。雛實睡著的時候，她大概就是在念參考書吧。

「嗯嗯……」

董香的口中突然逸出細微的聲音。可能是因為雛實的動作驚醒了她。雛實反射性地閉上眼睛裝睡。

「呼……糟糕，睡著了……」

董香伸了個懶腰，把雛實身上的毛毯蓋好。接著，她拾起攤在一旁的參考書，開始翻頁。

雛實瞇著眼睛偷看董香的側臉。

「啊——……好多東

西要背……」

董香一臉不耐煩地低語著，但還是沒有放下手上的參考書。她眯起眼睛，皺著眉頭，努力想要理解參考書上的內容。她平常都是這樣讀書的嗎？

雛實很難再繼續裝睡下去，她很想跟董香說話，想把剛才做惡夢的事全都告訴她。

但是，一直安靜讀著參考書的董香，突然之間，好像回想起什麼似的，抬頭望著天花板，長嘆了一口氣。

從雛實的角度，看不清董香臉上的表情。她心裡正想，姊姊不知道怎麼了，就聽見董香細微的自言自語聲。

「…………………臭金木。」

聲音中有著責怪和哀傷的色彩。

董香只低語了這麼一句話，就沉默下來，起身將雛實抱起。接著，她將雛實送回床上，「晚安，雛實。」留下溫柔的聲音之後便提步離開。

「…………」

董香走出房間之後，雛實立刻翻身坐起。門緊緊關著，客廳的燈光也消失了，董香似乎已經回到自己的房間。

「……董香姊姊……」

那是她不該聽見的聲音。雛實緊緊閉上雙眼，試圖想要忘記。但是這個聲音已經烙印在她的鼓膜上，不停在腦中重複著。

董香是如何強顏歡笑，在雛實面前表現得開朗愉快，這一切都無比沉痛地傳達給了她。

董香並未忘記金木的事，她一定每天都在思念著他，但是又不能表現出來，所以只能一個人承受痛苦。即便如此，董香還是用自己的方式找出該做的事，最後得到的結論就是唸書吧。

想到這裡，雛實發現一件事。不，其實她早就微微感覺到了。

「……我很礙事吧……」

董香絕對不會覺得她礙事。這點雛實完全不懷疑。雛實很相信董香，畢竟她們一直都住在一起，所以她很明白董香的想法。

但是以結果來說，雛實的存在只會扯她的後腿而已。

董香不會把雛實放著不管，埋頭專注在她的學業上。不管念書多累、學校的事情多忙，她一定都會把雛實的事擺在第一位，選擇犧牲自己。

剛才也是這樣。金木離開之後，她明明一直懷著寂寞的心情，卻還是溫柔地向雛實道晚安。

現在回想起來，當雛實想起金木而感到悲傷的時候，董香應該也是壓抑住自己的「哀傷」，努力關切雛實的心情吧。

因為，對董香而言，雛實是她必須保護的存在。這明明是一件讓人喜極而泣的事，但雛實卻感到呼吸困難，眼淚幾乎就要奪眶而出。

董香就像犧牲自身的性命，保護雛實的母親一樣，扼殺自己的心情支持著雛實。自己別說是幫不上什麼忙了，還成了她的包袱。雛實緊緊抓著自己的衣服，咬住雙脣。

「大哥哥……」

要是金木能夠回來，這鬱悶的心情就能瞬間雨過天晴，董香也就不必發出那麼悲傷的聲音了吧。

但是到頭來，她也只能靠他人成事，坐享其成。

雛實想起青桐之戰結束後，金木向董香告別的模樣，孤獨的背影。金木現在也在戰鬥吧。那位個性溫和、喜歡看書的金木，正在某個地方流血刨肉，摘下某人的性命吧。如果他一直往前走，會不會在不知不覺中迷失回家的路呢？

然後就這樣頭也不回地，獨自消失在無人知曉的地方——

「……我不要這樣……」

雛實回想起夢境的內容。不管她怎麼呼喊，金木還是一個人消失在遙遠的黑暗當中。

「…………」

雛實放開緊抓著衣服的手，她雙手交握，試圖放鬆僵硬的手指。

跟董香和金木比起來，這是一雙無力又弱小的手。她知道自己能做的事微乎其微，但是，如果待在安全的地方接受保護，過著無憂無慮的生活，那麼她的聲音就無法傳達給任何人。沒錯，如果維持現狀的話。

雛實想著。

如果金木聽不見自己的聲音，只要到他身邊去就好了；如果語言無法傳遞，只要緊緊握住他的手就好了。

然後，當金木獨自迷路時，她可以指引他回家的路，以及該回去的地方。就算要跟他一起迷路也不打緊，總之就是不能讓他孤單一人。

也許跟金木在一起，會讓雛實自己也跟著心痛，但是一味接受保護的痛苦，最後只會讓自己的心開始腐敗。

現在，她想告訴用孤獨的鎧甲武裝起自己的金木，重視他的人們就在他身邊。她想告訴他，董香也在等著他回來。

沒有人可以獨自生存，這點雛實比誰都來得清楚。

「即使我沒有什麼力量，也一樣想保護哥哥和姊姊——！」

四

側耳傾聽，掌握聲音。聲音會在腦中匯聚成人型，告訴她對方的所在位置。

這裡是數年前，因為經營失敗而遭到棄置的廢棄大樓。雛實繃緊神經趴在地上，金木、想助他一臂之力的同伴萬丈數壹、隨著萬丈和金木一起行動的一味、二璐和三手全都屏氣凝神保護著她。

「對方……還沒有發現我們……」

「…………」

「……三樓，大概在靠近樓梯的小房間……正在睡覺……」

金木目視著階梯，用手指對一味、二璐打了個暗號。兩人點頭。

接下來，金木比著地板，示意萬丈和三手留在此處待機。三手爽快地點頭，但萬丈不同。發誓要成為金木的盾牌，跟他生死與共的他，此刻臉上浮現悔恨的表情。

萬丈有著不輸給職業摔角手的體格，乍看之下雖然強大，但卻連赫子都使不出來。沒有赫子就不可能跟「喰種」交戰。

沒錯，從現在開始，他們就要和「喰種」展開一場惡戰，情報來自跟月山有關係的情報販子——掘千繪。

『我覺得這傢伙當你的對手剛剛好。』

萬丈看了一下對方送過來的照片，「是野山兄妹中的哥哥。」他說。在雙親命喪〔CCG〕之手後，他似乎就將容貌端正的幼妹賣給大富豪，把她當成搖錢樹的。他老是跟周遭的人說，等大富豪上了年紀死掉之後，就會把那些錢都留給妹妹，但他妹妹也在前陣子被〔CCG〕的人殺掉了。

金木踏上樓梯的第一階，啪嚓一聲折了折手指。

「……上囉。」

然後，他一口氣往上衝。

還不到十秒，樓上就傳來轟隆巨響。

「……！」

「開始了！」

接著，傳來某個東西撞在牆壁上的聲響和震動。

「雛、雛實妹妹，怎麼樣？」

擔心金木的萬丈著急地詢問。「不要緊，不是大哥哥。」雛實回答。沙塵一陣一陣從天花板上震落，顯現戰鬥的激烈程度。

一次又一次傳來的衝擊音，刺痛了雛實的耳朵。

「月山先生本來也想參戰呢。」

正如三手所說，原本月山也想參加今天的戰鬥，但由於金木委託的情報調查漸入佳境，因此派他去協助負責調查的掘千繪。

她現在的目標是「庫克利亞」越獄者的名單。這份情報是否能到手，會大大改變今後的戰況。

「……月山那傢伙很危險，金木也不想把自己的底牌全都告訴他。」

月山自稱「金木的劍」，雖然他和萬丈是站在完全不同的立場上協助金木，但他曾經做出讓人懷疑劍尖其實對準金木的舉動。金木似乎也不是完全信賴月山。只是，大家不得不認同他的實力。事實上，有些事情沒有月山還真沒辦法成事，這點讓萬丈十分火大。

「喔，好厲害！」

轟隆聲再次響起。這是目前為止最大的聲響，三手聽了不禁低語：「結束了嗎？」

「……！」

但是，雛實的耳朵下了其他判斷。

「聲音是從樓梯傳來的！對方可能逃出來了……唔！」

剛才那聲巨響是「喰種」被踢飛到二樓樓梯口所發出的聲音。

受到重傷的野山可能會直接逃走，這麼一來——

「不妙了！對方會往這裡跑！」

隨著萬丈的叫喊，三手立刻抱起雛實奮力奔跑。萬丈大概是打算殿後，反而朝著樓梯跑去。

「可惡啊啊啊啊啊啊啊啊啊啊啊啊啊啊!!」

如同雛實的推測，野山發出一聲嘶吼，從樓梯上一躍而下。他的赫子是以急速攻擊見長的羽赫。原本打算爭取時間讓雛實逃離廢棄大樓的萬丈，不到一秒就被擊飛了。

「萬丈先生……！」

「果然不負大家的期待啊，萬丈先生！」

三手大概打從一開始就沒對萬丈抱著任何期待，所以他毫不在意被打趴在地的萬丈，只是抱著雛實全力往外奔馳。野山認定雛實一行人是金木的同伴，也察覺到他們的戰鬥力很低，便打算在脫逃之前拿他們出氣，於是他一口氣縮短了距離。野山接近雛實他們的速度，遠比他們到達出口的速度還快。

「完了……！」

野山的赫眼已經近在眼前。但是雛實在羽赫放出眼花撩亂的Rc細胞時，所發出的聲響中，捕捉到夾雜在其中的踏地聲。

「三手先生，交給大哥哥吧！」

三手聽了當下立刻往地板一蹬。

就在他高高躍起，幾乎要撞上天花板的瞬間，金木的赫子一口氣貫穿了野山的身體。要是他們跑在野山前頭，大概也會一起變成串燒吧。

「唔喔喔喔！太厲害了！」

三手翻了個身，俐落著地之後發出感嘆的聲音。

這下子，野山已經無路可逃了。剩下的只有等死而已。雛實要求三手放她下來，但是她現在還不能趕去金木身邊。

「……你的所作所為很殘酷呢。」

金木冰冷的聲音，射向有如翅膀被拔掉的蟲子，不住抖動痙攣的野山。

「老大，樓上有什麼東西嗎？」

「有一大堆女孩子被解體的照片。對了，萬丈先生呢？」

「他就躺在那裡。要是萬丈先生看見照片應該會嚇得直發抖吧。」

一味他們悠悠哉哉地閒聊著，雛實回想起當初第一次遇到金木的情形。當時，她對金木身上那股不可思議的香味感到疑惑，問他究竟是人，還是「喰種」。

金木回答，儘管他的身體是「喰種」，但思維依然是人類。如果能恢復為原本人類的身體，他也想這麼做。

「……壞掉的豆子，一定要挑掉才行。」

金木一口氣拉開面具上嘴角邊的拉鍊，狠狠地咬上野山的羽赫。

「呀啊！呀啊啊！」

從未體驗過的痛楚讓野山的身體不斷痙攣抽動著。

金木已經越過界線，一頭栽進「喰種」世界。

但是，決心接納「喰種」，並以「喰種」的身分活下去的他，總有一天會察覺吧。

雛實敏銳的嗅覺還聞得到，纏繞在他體內的人類香氣。這股味道，肯定一輩子都不會消失。

只要一想到，不去正視自己是人類的金木，總有一天必須以人類的身分接受制裁，雛實就感到害怕。

雛實又想起，她告訴董香，自己決定前去金木身邊的那一天。

原本以為，董香會認為太危險而阻止她。或者勸阻她，就算去了也沒有什麼用。

畢竟她提出這樣的要求，就算董香罵她別說夢話，也只是剛好而已。

但迎來的是沉默。董香緊緊注視著雛實，雛實也用率直的眼神回視她。

『……這樣啊。』

終於，董香臉上浮現苦笑。

『看見妳這樣的表情，我還能說什麼呢？』

董香轉過頭去，迴避雛實的視線。她沉默了一會兒，最後還是回過頭來認真看著雛實說道：

『……雛實……妳隨時都能回來找我。』

董香的話僅止於此。她伸開雙臂，緊緊抱住雛實。被董香用驚人的力道抱在懷裡的雛實也使出全身的力氣回抱她。

其實，雛實也很想陪在董香身邊。但是，現在的她只是一個包袱。

「……結束了……」

看到金木從失去翅膀的野山身上爬起來，一味低語著。

戰鬥結束之後的金木，會散發出一種生人勿近的氣氛。不知道他是有意為之，還是其他人自己這麼認為。

但是，雛實依然跑到金木身邊，呼喚著他。

「大哥哥。」

他的髮色脫落成了一片雪白，指甲變成紅黑色，內心被深沉的悲傷擊潰，無論是誰看到他，都會口徑一致認為他是個怪人。

但即便如此，金木對雛實永遠都是這麼溫柔。當初有許多人拯救了雛實，金木就是其中之一，而對於那些雛實珍視的人們來說，他也是無可替代的人，這點依舊沒有改變。

金木回過頭來，他身上濺滿了對方的血，一片鮮紅，不過他還是溫柔地微笑著：

「雛實，有沒有受傷？」

——……我們都在你身邊喔。

雛實在心中對金木輕語著。

——……不管是我，還是董香姊姊。

就算現在無法傳達給他，但至少雛實想證明自己與他同在。

「嗯，我沒事！我們回去吧，哥哥。」

金木瞇起眼睛，「那就走吧。」他踏出步伐。

「因為我們又得移動到別區去了。」

今天在這裡，明天又要換到另一個場所。這是一條不知何謂安定的荊棘之道。即使如此，雛實心中還是堅信：

驟雨過後，一定會迎來天晴。

#005

【美郷】

東京【空白】喰種

TOKYO GHOUL

一

即使是搜查官，也會談戀愛。

這裡是黑磐巖特等所率領的13區。會議結束之後，喰種搜查官們個個都露出詭異的神情，看著桌上的東西。

位於眾人中心的是萬綠叢中一點紅，13區的喰種搜查官——五里美鄉。她有著修長的體格，眉間那顆痣是她的迷人之處。雖然眼神有些凶惡，但依舊不改她是女性的事實。美鄉現在是二等搜查官，她前一陣子參加「青桐」之戰，使用可以進行中、遠程距離攻擊的羽赫「昆克」的「艾梅利歐」，立下不少戰功。

「這是慰勞品。」

美鄉有些靦腆地從包包裡拿出一盤黑漆漆、硬邦邦，還飄著焦味的鬼東西放在桌上，釘住了每個人的視線。

「美鄉，這是？」

「這是甜甜圈。」

——……原來如此，騙誰啊!!

除了黑磐以外，所有的搜查官都在心中大吼。
桌上這盤怪東西，再怎麼睜大眼睛仔細看，了不起就是焦黑的花林糖，直接從外觀來敘述的話，明顯就是一團黑炭。
但是，黑磐毫不猶豫地伸出手，拿了一個放進嘴裡。
「特、特等！」
「黑磐特等——！」
所有的人都一起站起來，就在此起彼落的慘叫聲當中，從黑磐的嘴裡傳出喀啦喀啦的破壞聲，別說是甜甜圈了，任何食物都不可能發出那種聲音。
不過，黑磐在仔細咀嚼吞下肚之後，嗯的一聲點了點頭。

「果然是甜甜圈。」

——……請你向全世界的甜甜圈道歉。

就在大家腦子裡一片混亂的時候，美鄉毫無慈悲的聲音傳到每個搜查官的耳裡。

「大家也請用吧。」

在那之後，除了黑磐以外，所有的同事都因為「不知名的腹痛」倒下了。美鄉欣賞著自己製作的點心照片。雖然不是很美觀，不過充滿著手工製作的感覺，成品也很可愛。跟當初剛開始製作點心的時候比起來，她覺得自己的技術也進步多了。或許差不多到了該把這個送給他的時候。

他——也就是美鄉偷偷單戀的對象。喰種搜查官、眾人期待的明日之星——亞門鋼太朗。這個男人實力堅強、威風凜凜又強壯，可說是喰種搜查官楷模中的楷模。

美鄉在幾個月前，跟亞門在青桐掃蕩戰中並肩作戰。

雖然當時的她站在亞門本人面前，緊張到無法好好說話，不過他們現在應該也能算是朋友了才對。那場戰爭結束之後，美鄉和亞門就完全沒有見到面，但是為了能讓兩人的關係更上一層樓，她想採取一點行動。

於是她就想出製作點心這個主意。美鄉聽說亞門喜歡甜食，因此擬定一個贈送手工甜甜圈給亞門的作戰計畫。

方才同事們吃的時候都喜極而泣了，亞門收到了一定也會很開心。美鄉決定在工作空檔的時候抽出時間去見亞門。

「……您要找亞門一等嗎？他外出囉～」

美鄉用可愛的袋子將甜甜圈包裝起來，偷偷摸摸來到20區分局。她想先找個人問問亞門現在過得怎麼樣，結果碰巧逮到從20區分局走出來的另類搜查官——鈴屋什造，於是便向他打聽亞門的情形。但是他的回答大大背叛了美鄉的期待。

「外、外出？」

「是～的，篠原先生拜託他去辦事的樣子？他現在到8區出差去了。」

什造用他獨特的口吻和用字這麼說著。

「這、這樣啊……那他什麼時候會回來？」

「什麼時候？嗯嗯——到底是什麼時候呢？」

搞不清楚他究竟是不清楚詳細情形，還是聽過但是忘記了？什造用食指壓在額頭上轉啊轉的，把頭偏向一邊。

沒想到亞門竟然不在20區。讓人失望也要有個限度啊。雖然美鄉很想讓亞門嘗嘗剛出爐的甜甜圈，但是今天已經沒有多餘的時間再繞去8區了。

「既然如此……那就沒辦法了……」

美鄉拿出甜甜圈，交給什造。

「鈴屋什造，這是……13區要給你們的慰問品，大家一起吃了吧。」

美鄉不希望自己送手工甜甜圈給亞門的事被其他人知道，所以就謊稱那是13區送的慰問品，並將甜甜圈交給什造。什造用鼻子哼了一聲，露出微笑。

「我會拿給政道他們。」

他回答。

過了幾天，美鄉聽說20區的瀧澤政道二等因為身體不適請假，但對現在的她而言，一點都不重要。

她來到靠近8區分局的車站。亞門為了支援人手不足的8區，臨時待在這裡值勤。

美鄉看著地圖，確認從車站到8區分局的道路之後，進入看起來路程最短的巷道。今天一定要把甜甜圈交給他。她非常迫不及待。

「……！」

但是，路上發生了出乎她預料的情況。

「那、那是……」

一九一公分的挺拔身形，嚴格鍛鍊之下的寬肩，不可能會認錯的。亞門鋼太朗就站在道路前方。竟然有如此巧合的事，也許自己和亞門命中註定要結合吧。美鄉一下子就陷入美好的幻想，不過在她聽見亞門跟別人說話的聲音之後，立刻就回到了現實。

仔細一看，亞門身邊有個男人，正一臉不可思議地往這邊看，另外還有一個正要把某樣東西交給亞門的女人。當然，美鄉的眼睛鎖定的是女人。

（那、那個人是誰!?）

雖然已經稍嫌太遲，但美鄉還是往牆壁一貼，試圖躲起來偷偷窺伺那邊的情形。男人露出更加不可思議的神情看著美鄉。

對方是位肌膚白皙的美人，看起來像是好人家的小姐，就是一般男人都會喜歡的那種女人。女人對亞門開口：

「之前送您的蛋糕，您說希望能夠更甜一點……所以我就做了這個。」

噹！美鄉的腦袋響起彷彿被甲赫昆克猛敲似的衝擊。女人遞給亞門的是她自己親手做的蛋糕。而且，這似乎還不是第一次。雖然從美鄉的角度看不見亞門的表情，但是從他最後還是收下蛋糕的情況看來，他肯定開心得不得了吧。

美鄉當場腳步踉蹌了一下。這兩個人究竟是什麼關係？

她豎起耳朵仔細聽，女人竟然稱亞門為「鋼太朗先生」。她的眼前頓時一片黑暗。

根據美鄉的推測，兩人應該是以結婚為前提在交往。
「……嗚！」
殘酷的事實就擺在眼前，美鄉立刻轉身背對他們跑走了。她和亞門的關係都還沒開始，竟然就逼她目睹完結篇。她低下頭忍住淚水，用不輸給田徑選手的速度衝出巷道。
「唔喔喔！」
「……！」
但是，就在奔跑途中，她撞上了從車站那邊走過來的路人。要是換成一般人，早就被美鄉給撞飛了吧。
「妳幹麼像顆子彈一樣撞上來。」
對方總算是站穩腳步，用不可置信的表情看著美鄉。
眼前這位是負責7區的喰種搜查官——富良大志。他現在應該在調查喰種餐廳的事才對啊。
而且現場還不只他一個。
「妳不是黑磐特等那邊的女孩子嗎？我記得妳是五里對吧？」
「真的耶，妳怎麼會跑到這裡來？」

就連到處調動的柳和他的部下——東條也在。

他們為什麼會在這裡？美鄉當然也覺得疑惑，但是她現在的精神狀況實在不適合說話。只要一開口，很可能就會哽咽落淚。

話雖如此，美鄉覺得還是得好好道歉才行，於是她從包包中拿出甜甜圈。

「喂、喂！」

「真的很抱歉！」美鄉說完便把東西塞給富良。

失去贈送對象的甜甜圈，還是讓別人吃了才對得起它。

美鄉向三人低頭鞠躬，再次跑了起來。

二

自從上次看見亞門的未婚妻之後，美鄉就成天無精打采。她將心中那股哀愁投注在工作上，「喰種」的驅逐率咻地一下提高了，但是工作還是無法填補她心中的空缺。

雖然她聽說7區的年輕搜查官們一個個全因為腹痛而倒下，但是跟萬念俱灰的自己比起來，症狀應該輕多了。

她也聽說亞門再次返回20區，一個勁地埋首於工作當中。他跟未婚妻之間進行得還順利嗎？是不是正為了建造一棟屬於他們的房子而努力不懈呢？她愈想就覺得愈挫敗。

但是，有個人察覺到美鄉的變化。

「美鄉。」

這個人就是她打從心底尊敬的黑磐特等。他在工作結束之後把美鄉叫過去。美鄉注視著黑磐銳利的大眼，垂下頭。

「黑磐特等應該已經看穿我心中的迷惘了吧……」

「嗯……」

美鄉緊緊咬住脣。

「黑磐特等，我覺得自己好丟臉。在強大的敵人面前，我竟然什麼都辦不到，只能夾著尾巴逃走……！我實在是太軟弱了……!!」

美鄉一邊喊著，同時回想起自己為了亞門拚命製作甜點的每一天。

四處飛散的麵粉、掉進碗裡的蛋殼以及不管怎麼攪拌都無法成型的麵團。

飛濺的熱油、燃燒的鍋子、一片大火的廚房——以及，好不容易才拯救出來的珍貴物品，也就是美鄉製作的甜甜圈。

不管哪件事都讓她一提就想掉淚。事實上，美鄉的眼裡已經蓄積著淚水了。看見這樣的美鄉，黑磐喊了一聲：「美鄉啊。」

美鄉抬起頭，黑磐銳利的大眼正看著自己，這讓美鄉突然頓悟了。

「黑磐特等……怎麼能不戰而敗呢！如果想哭就等戰鬥之後再哭！您是這個意思對吧……！」

「嗯……」

聽了美鄉的話，黑磐深深點頭。

「而且，有些事情不試試看怎麼會知道，不要為自己設下極限，就算真的有極限也要靠我自己來打破……！」

「嗯……」

黑磐的話語在美鄉心中蔓延開來，為她鬱悶的心注入一股勇氣。

「奮鬥的過程會化為自己的糧食，最糟糕的選擇就是逃走。您叫我不要後悔，接受一切的後果，抬頭挺胸向前邁進……!!」

「嗯……」

黑磐留下這句話就離開了。

黑磐的話語深深震撼了美鄉的心。沒錯，就算對方是個美人，看起來又是個很擅長做菜的好人家小姐，但自己傾慕亞門的那份心意絕對不會輸給她。美鄉的眼睛再次燃起光芒。

「我現在就要去做甜甜圈，然後送到20區……！」

美鄉氣勢萬鈞地衝回家，開始製作甜甜圈。所有的步驟她都已經十分熟練。這次連天花板都還沒被熱油造成的大火燒焦，甜甜圈就完成了。

接著，美鄉就提著甜點衝出家門，目標是位於20區的亞門鋼太朗。

但是，她忘了一個盲點。

「……亞門一等已經回去了。」

她在下班之後回家製作甜甜圈，再從家裡跑到20區，這中間當然要花費相當的時間。等她到達20區的時候都過了晚上八點，亞門已經下班回家了。

飛揚到最高點的情緒突然之間掉進地獄谷底。

「怎麼會……變成……這樣……」

美鄉拖著重重的步伐離開20區分局。為什麼事情總是這麼不順利？難道這個世上沒有神佛了嗎？

「嗯……？」

消沉的美鄉聽見從某處傳來一陣溫柔的歌聲。

她抬頭一看，原來20區的車站前面有個二十歲左右的青年，正拿著吉他自彈自唱。大概是街頭音樂人吧。受到優美的音色吸引，美鄉也走入觀眾群中，溫柔的旋律撫慰了美鄉的心。

——……神明就在眼前，千萬不要錯過了。

聽到這段副歌，美鄉的眼淚就像瀑布一樣一發不可收拾。她嚎啕大哭的樣子，讓其他聽歌的觀眾又是驚嚇又是困惑。

現在的美鄉比那位音樂人更加引人注目，就在此時，有個男人從車站走過來，他在看到她之後，停下了腳步。

「嗯……？這位小姐，我好像有看過妳。」

聽見有人對自己說話，美鄉硬是擦去不斷溢出的淚水，看著對方。但是美鄉對他一點印象都沒有，不禁心生疑慮。不過男人好像回想起什麼似的，抬起頭來說道：

「啊！我知道了。妳是亞門先生的朋友

吧？」

美鄉聽了，身體不由得劇烈彈了一下。

「什、什、什麼……!?」

「妳那時候整個注意力都放在亞門先生身上，所以才不記得我吧。妳回想一下，在8區的巷道，應該是亞門先生收下慰問品的時候。當時我人也在場啊。」

他指的是亞門從那位好人家小姐的手上拿到蛋糕的時候吧。美鄉順著記憶回想。這麼說起來，當時好像真的有個男人用不可思議的神情望著她看。

「我是刑警，名字叫做守峰。怎麼，妳也住在20區嗎？」

「不，我、不是……」

「不是？那妳怎麼會跑到這個地方？還哭成這樣……」

說到這裡，守峰突然閉上嘴，「啊……」他低喃著。

「妳跟亞門先生之間發生什麼事了嗎？」

他毫不客氣地詢問著。

美鄉頭上彷彿轟的一聲冒出蒸氣一樣，嚇得站在原地一動也不動。

「不、不、不、不是……」

她用力搖著頭，手也不斷揮舞著拚命否定，但守峰還是自顧自地繼續說下去：「畢竟亞門先生很遲鈍嘛——」

「我跟亞門鋼太朗之間並沒有發生任何事！只是有東西要交給他而已……」

「喔，這樣啊。那妳交給他了嗎？」

「……」

沉默代替難以啟齒的回答。守峰用同情的眼光看著她，「對了！」他提議。

「……既然這樣，妳要不要跟我一道走？我現在正要去見亞門先生。」

「什麼!?你、你要去見亞門鋼太朗!?」

「是啊，我們約了要一起喝酒。」

這簡直是求之不得的機會。但是，事情發展到這個地步，美鄉卻開始害怕了。如果他不喜歡這些甜甜圈怎麼辦？

但是，美鄉腦中浮現黑磐的模樣。還有他溫暖的話語。沒錯，要哭就等戰鬥完了之後再哭。美鄉目不轉睛地盯著守峰，「那就麻煩你了！」她大喊。

約定的居酒屋距離車站不到五分鐘的路程。

「啊，喂——亞門先生——」

站在店門前等待的亞門，一聽到守峰的聲音就回過頭來。

「不好意思，還讓你特地跑到這裡來……嗯？」

接著，他發現站在守峰旁邊的美鄉。

「13區的五里……？妳怎麼會在這裡？」

亞門驚訝地瞪大雙眼。

「喔，我在車站遇到這位小姐。她好像有什麼東西要交給你的樣子。」

守峰向亞門說明，「小姐，亞門先生就在這裡喔。」他催促著美鄉。現在已經無路可逃了。

「亞門鋼太朗——!!」

「呃、怎麼了……？」

美鄉把手伸入袋子，一把抓起包裝好的甜甜圈。

——……黑磐特等，我終於走到這一步了，現在只剩下把甜甜圈交給他而已。請你一定要賜給我勇氣。黑磐特等、黑磐特等、黑磐特等——！

「黑磐特等——！這是手工製作的甜甜圈！」

碰！美鄉把甜甜圈往亞門的胸口一塞。亞門接了下來，「手、手工製作……？」他困惑不已。

「黑磐特等……要給我的……？」

「沒錯！黑磐特等要我把東西交給你！」

「可、可是，為什麼……」

「亞門鋼太朗，因為你是特別的！」

「我、我特別？呃、我是很感激沒錯，但……為什麼……」

「你們是不是有什麼地方搞錯了啊……？」守峰喃喃叨念著，不過這句話並沒有進到美鄉和亞門的耳裡。亞門慌慌張張地打開袋子，確認裡頭的內容物。美鄉特製甜甜圈的味道一口氣衝出來，亞門不由得身體往後仰，額頭上開始冒出冷汗。

「這、這是……」

「黑磐特等吃得很開心喔！」

美鄉指著亞門。亞門看著袋子裡頭的東西，抿緊了脣。亞門心想，可能是黑磐特等看穿他討厭辣味又愛挑食，所以特地為他準備這份教育指導。

「──……我知道了，五里，我現在就立刻吃下去！」

亞門把手伸進袋子裡，一口氣將所有的甜甜圈塞進嘴裡。

「唔、唔哇……」

在一旁觀看的守峰表情都扭曲了。從亞門口中傳來喀啦喀啦的激烈咀嚼聲。但是他並沒有囫圇吞棗，而是徹底咀嚼了之後才慢慢嚥下去。

然後，他便「啪！」的一聲雙手合十：「謝謝招待。」亞門低頭鞠躬。美鄉用感動的眼神看著這一幕。經過如此漫長的道路，如今終於到達終點了。

「喂、喂！小姐!?」

守峰的聲音完全傳不到美鄉耳中，她因為喜悅而渾身顫抖，眉開眼笑地揚長而去。亞門收下她親手做的甜甜圈了，而且還在她眼前享用。想必自己女人味的那一面也傳達給他了吧。這件事實在讓美鄉太開心了，她愉悅地在夜晚的街道奔跑著。

幾天之後，美鄉早上到13區分局上班時，黑磐叫住她：「美鄉。」

「是，請問有什麼事？」

「我從20區的亞門鋼太朗那裡收到一封感謝函，但我一點頭緒都沒有。」

那張感謝函上寫著：「非常感謝您給我這麼重要的東西。」兩人默默無語地看著那張感謝函一會兒。「嗯。」黑磐點點頭。看見黑磐的樣子，美鄉察覺到了。

「亞門恐怕是因為一些我們都沒察覺到的小事感恩在心中，所以特地送感謝函過來吧，亞門真是個優秀的好青年……您是這麼想的對吧？」

「嗯。」

亞門就是一個如此重情義、懂禮數的人。他一定也不會忘了感謝美鄉送甜甜圈給他的事。下次再做些不一樣的東西送他好了。美鄉一邊想著，和黑磐互相點點頭。

然後就在當天，總局發了公告給了所有的分局，表示最近〔ＣＣＧ〕內接連出現原因不明的腹痛病例，請各位同仁要多加留意。

很高興小說能夠出第二彈……
感謝十和田老師回應我種種不得了的要求……
再次致上我的謝意！

Sui

能夠再次參與東京喰種的世界，我真的非常開心。
感謝石田老師以及各位東京喰種的粉絲們。

十和田シン

東京

TOKYO GHOUL

【空白】

喰種

東京喰種

TOKYO GHOUL

「空白」

東京喰種
TOKYO GHOUL
[空白]

東京喰種 [空白]

TOKYO GHOUL

東京喰種

TOKYO GHOUL

【空白】

逆思流
東京喰種[空白]
(原名：東京喰種ートーキョーグールー[空白])

原　作／石田スイ
小　說／十和田シン
執行長／陳君平
譯　者／賴思宇
協　理／洪琇菁
榮譽發行人／黃鎮隆
責任編輯／曾鈺淳
國際版權／黃令歡、梁名儀
內文排版／謝青秀
美術編輯／李政儀
文字校對／施亞蒨

出　版／城邦文化事業股份有限公司 尖端出版
台北市中山區民生東路二段一四一號十樓
電話：(〇二)二五〇〇七六〇〇
傳真：(〇二)二五〇〇二六八三
E-mail：7novels@mail2.spp.com.tw

發　行／英屬蓋曼群島商家庭傳媒股份有限公司城邦分公司 尖端出版
台北市中山區民生東路二段一四一號十樓
電話：(〇二)二五〇〇—七六〇〇(代表號)
傳真：(〇二)二五〇〇—一九七九

中彰投以北經銷(含宜花東)／楨彥有限公司
電話：(〇二)八九一九—三三六九
傳真：(〇二)八九一四—五五二四

雲嘉經銷／智豐圖書股份有限公司 嘉義公司
電話：(〇五)二三三—三八五二
傳真：(〇五)二三三—三八六三

南部經銷／智豐圖書股份有限公司 高雄公司
電話：(〇七)三七三—〇〇七九
傳真：(〇七)三七三—〇〇八七

一代匯集／香港九龍旺角塘尾道六十四號龍駒企業大廈十樓B&D室
電話：(八五二)二七八三—八一〇二
傳真：(八五二)二七八二—一五二九

馬新經銷／城邦(馬新)出版集團Cite (M) Sdn. Bhd.
E-mail：cite@cite.com.my

法律顧問／王子文律師 元禾法律事務所
台北市羅斯福路三段三十七號十五樓

二〇一五年七月一版一刷
二〇二三年一月一版六刷

■台灣中文版■

郵購注意事項：
1. 填妥劃撥單資料：帳號：50003021戶名：英屬蓋曼群島商家庭傳媒(股)公司城邦分公司。2. 通信欄內註明訂購書名與冊數。3. 劃撥金額低於500元，請加附掛號郵資50元。如劃撥日起 10～14日，仍未收到書時，請洽劃撥組。劃撥專線TEL：(03)312-4212 ・ FAX：(03)322-4621。E-mail：marketing@spp.com.tw

國家圖書館出版品預行編目(CIP)資料

東京喰種[空白] / 石田スイ原作 ; 十和田シン
小說 ; 賴思宇譯. -- 1版. -- [臺北市] :
尖端出版 : 家庭傳媒城邦分公司發行, 2015.07
面 ;　公分
譯自: 東京喰種 [空白]
ISBN 978-957-10-6040-8(平裝)

861.57　　104002476